Semiramis

Herrin von Assur

Birgit Furrer-Linse

Birgit Furrer-Linse

Semiramis

Herrin von Assur

Historischer Roman über die legendäre Königin
der Assyrer

Bibliografische Information der Deutschen
Nationalbibliothek:
Die Deutsche Nationalbibliothek verzeichnet diese
Publikation in der Deutschen Nationalbibliografie;
detaillierte bibliografische Daten sind im Internet über
http://dnb.dnb.de abrufbar.

Herstellung und Verlag: BoD – Books on Demand,
Norderstedt

ISBN: 978-3-7519-2341-5

Weitere Romane der Autorin Birgit Furrer-Linse:

…denn der einzige wahre Gott Ägyptens ist der Nil

Die Ägypter gaben ihr den Namen Nofretete

Die Kurtisane von Rom

Steppenbrand – Die Erben des Dschingis Khans

Härter als Krebs

Ich, al Mansur, Herr über Cordoba

Die Seherin des Amun

Valeria Messalina – Kaiserin von Rom

ISBN: 978- 37519-2341-5

1.

Es war der Tag des Neujahrsfestes. Überall auf den Straßen und Gassen der Hafenstadt Askalon herrschte reges Treiben. Seit den frühen Morgenstunden drängten die Menschen zu den Tempeln, um Opfer darzubringen und den Schutz und Segen der Götter für das neue Jahr zu erflehen. Vor den Tempeln hatten die Händler ihre Stände aufgebaut. Hier konnten neben glücksbringenden Amuletten und segenverheißenden Statuen auch süßes Gebäck, frisches Obst und anderes seltenes Naschwerk erstanden werden. Wohin man blickte, herrschte an diesem Tag ausgelassene Heiterkeit. Und obwohl die Sonne noch hoch am Himmel stand, hatten die Schankwirte auf ihren Bänken kaum noch einen Platz frei. So mancher Zecher hatte bereits zu tief in den Becher geschaut und schlief nun in irgendeinem abgelegenen Winkel der Schänke seinen Rausch aus. Andere erlagen in ihrem Suff dem geschickten Locken einer billigen Straßendirne. Gewiss würde mancher dieser Unseligen sich am nächsten Morgen ausgeraubt bis auf das Hemd in einem dreckigen Straßengraben oder Misthaufen wiederfinden. Doch das gehörte zum Neujahrsfest dazu, ebenso wie die mit zunehmender Trunkenheit einsetzenden Streitereien, die nicht selten in Mord und Totschlag endeten. Nie hatten die Scharfrichter der Stadt mehr Arbeit als nach einem ausgelassenen Festtag. Und zu Beginn des neuen Jahres hatten die

Bewohner Askalons ganz besonderen Grund, die Götter zu preisen.

Kein halbes Jahr war es her, dass der gefürchtete König Salmanassar von Assur mit einem riesigen Heer vor den Toren der Stadt gestanden hatte. Gewiss hätte ihn nichts von der Eroberung der Stadt abhalten können, wenn er dies im Sinn gehabt hätte. Doch aus irgendeinem Grund begnügte Salmanassar sich mit einer vom Herrscher der Stadt angebotenen, nicht allzu hohen Tributzahlung und der Abtretung von einigen Weidegründen vor den Toren der Stadt. Ohne irgendwelche nennenswerten Verwüstungen angerichtet zu haben, zog er mit seinem Heer wieder ab. Nur der zum obersten Hüter der königlichen Herden Assurs in Syrien ernannte Simma, der seither unweit der Stadt ein großes Landhaus bewohnte, erinnerte nun noch an die Bedrohung. Vielleicht feierten die Bewohner Askalons darum diesen Neujahrstag sogar ausgelassener als sonst üblich, denn Nachbarstädte waren weit weniger gut davongekommen. Wer sich dem assyrischen Löwen nicht freiwillig unterwarf, der durfte auf keine Schonung hoffen. Ebenso wie sein Vater Assurnasirpal kannte König Salmanassar mit seinen Gegnern kein Erbarmen. Eroberte Städte legte er in Schutt und Asche, seine Bewohner starben auf grausamste Weise oder wurden in die Sklaverei entführt.

Während das feierliche Treiben in der Stadt allmählich seinen Höhepunkt erreichte, stand einsam und verlassen eine junge Frau an einem der Hafenkais. Ihr trauriger Blick verlor sich für endlose Zeit in der Weite des Meers von Ammuru. Der auffrischende Wind pfiff durch ihr zerschlissenes Wollkleid, unter dem sich ein massiger Leib wölbte. Doch weder die Lumpen, die sie trug, noch der massige Bauch vermochten ihrer edlen Erscheinung etwas anzuhaben. Ihr fein geschnittenes Gesicht, das von großen braunen Augen beherrscht wurde, ließ jeden Betrachter schnell alles andere vergessen.

Zitternd zog Daria die Wolldecke, die sie lose um ihre Schultern gelegt hatte, plötzlich enger an ihren Körper. Sie fühlte, dass ihre Stunde nahte.

„Aphrodite, du Beschützerin der Liebenden, deren Bann mich ins Unglück gezogen hat, wenn du Klaustria und mir schon deinen Schutz entzogen hast, so hilf wenigstens dem Kind, das ich unter meinem Herzen trage. Es ist dein Kind, ein Kind deines Liebesbanns. Hilf wenigstens ihm in der Stunde der Not."

Eine einzelne Träne rann über Darias Gesicht. Für einen kurzen Augenblick glaubte sie, Klaustrias Gesicht vor sich zu sehen, seinen Atem auf ihrem Gesicht zu spüren, während sein Mund den ihren berührte, erst ganz sanft, dann immer fordernder und leidenschaftlicher. Doch dies waren letztlich nichts als süße Erinnerungen, die sie so sehr liebte und die doch schmerzten. Klaustria war tot, untergegangen mit dem Schiff, das ihn zu ihr zurückbringen sollte. Er würde sie nie wieder küssen können. Und er würde sie auch nicht mehr von hier fortholen können. Tapfer wischte sie die Träne fort.

„Ich will nicht weinen und nicht klagen, Derketo. Ich habe dir Treue gelobt und dich dann verraten. Klaustria und ich haben Strafe verdient. Doch dieses Kind ist unschuldig. Lass es überleben. Ich weihe es dir. Vergib ihm und hilf ihm. Hilf!"

Ein stechender Schmerz durchfuhr plötzlich wie ein Blitz Darias Körper. Wenig später spürte die ehemalige Priesterin, wie eine warme Flüssigkeit die Innenseiten ihrer Schenkel herunter rann. Nach Atem ringend stützte sie sich auf einen der vielen Holzpfosten, die kleineren Fischerbooten zum Vertäuen dienten.

Nachdem die erste Schmerzwelle allmählich verebbte, begann sich in Daria panische Angst auszubreiten. Wo sollte sie zu dieser Stunde Hilfe finden? Alle waren in ausgelassener Stimmung und feierten. Wer würde sich jetzt um eine mittellose schwangere Frau kümmern, deren Stunde gekommen war?

Es verging einige Zeit, bis es Daria gelang, den Kampf mit ihrer Furcht aufzunehmen. Hatte sie nicht in Derketos Dienst gelernt, Selbstdisziplin zu üben? Wie oft hatte sie ihren ganzen Mut zusammennehmen müssen, um allein in der Nacht in dem kalten, dunklen Tempel, vor dem Abbild der fischkörprigen Göttin betend, die Wache zu halten. Dunkle Schatten waren ihr in jenen Nächten immer wieder erschienen, die ihr kalte Schauer über den Rücken gejagt hatten. Manchmal hatte sie sogar das Gefühl gehabt, von diesen Schatten in Derketos kaltes Wasserreich hinabgezogen zu werden.

Daria zwang sich, ruhig und tief zu atmen. Mit jedem Atemzug schien langsam neue Kraft in ihre Glieder zu strömen, und ganz allmählich begann auch ihr sonst so praktischer Verstand wiedereinzusetzen. Nachdem eine zweite Schmerzwelle verebbt war, warf sie einen letzten, sehnsüchtigen Blick auf die sich brechenden Wogen, die sie auf geheimnisvolle Weise noch immer mit dem Liebsten verbanden, hatte er in ihnen doch sein kaltes Grab gefunden. Dann befahl Daria sich vorwärts zu gehen. Sie wusste, sie musste in die Stadt zu den Menschen zurückkehren. Nur dort konnte sie auf Hilfe hoffen. War nicht Ischtar, der Göttin der Liebe, Fruchtbarkeit und des Kriegs jedes Kind heilig? In ihrem Tempel würde selbst eine gefallene Priesterin Hilfe finden.

Obwohl Daria jeder Schritt zur Qual wurde, kämpfte sie sich vorwärts. Immer neue und längere Schmerzwellen durchfuhren ihren Körper. Doch sie befahl sich, den Schmerz zu missachten und weiter ein Bein vor das andere zu setzen. Bald hatte sie den an diesem Festtag fast menschenleeren Hafen und die vielen Vorratshäuser, die ihn umgaben, hinter sich gelassen und die belebteren Straßen erreicht, in denen das ausgelassene Treiben sich allmählich seinem Höhepunkt näherte.

Menschen strömten an ihr vorbei, doch niemand schenkte ihr Beachtung. In einer letzten Anstrengung bog sie in die breite Prozessionsstraße ein, die direkt zum Tempel der Ischtar führte, als ein erneuter Schmerz, heftiger als alle vorhergehenden, sie zu Boden zwang.

Freudige Erwartung erfüllte Eriba, als er seinen kleinen Karren, der von einem Esel gezogen wurde, um die Ecke lenkte, um in die Straße der Ischtar einzubiegen. Am Ende dieser Straße befand sich das Heiligtum der Göttin Ischtar, in dem die schönsten Priesterinnen der Göttin der heiligen Prostitution dienten. Trotz ihrer Jugend waren sie alle in den Praktiken der Liebe bewandert, und so war es für jeden Mann ein Genuss, der Göttin ein Fruchtbarkeitsopfer darzubringen.

Eriba hatte lange auf diesen Tag gewartet. Es war ihm nicht leichtgefallen, an ein würdiges Geschenk für die Göttin zu gelangen. Doch zu diesem Neujahrsfest hatte sein neuer Herr Simma sich den Hirten gegenüber großzügig gezeigt. Jeder hatte zwei Säcke Mehl und zwei Amphoren Wein erhalten. Die Hälfte davon war Eriba bereit, für einige Stunden mit einer der Priesterinnen dem Tempel zu spenden.

Voll freudiger Erwartung pfiff er vor sich hin, während sein Esel sich selbst langsam einen Weg durch die überfüllten Straßen suchte. An diesem Tag waren fast alle Menschen zu Fuß unterwegs, da dies ein leichteres Fortkommen garantierte. Doch die Weidegründe Simmas lagen mehr als einen halben Tagesritt außerhalb der Stadt, und innerhalb der Stadt war es ihm unmöglich gewesen, einen Unterstellplatz für Esel und Gefährt aufzutreiben. Die meisten Feiernden von außerhalb hatten die Nacht vor den Toren der Stadt verbracht, um gleich am Morgen Einlass zu finden. Durch deren Tiere waren bereits alle Ställe belegt gewesen, als Eriba endlich am späten Nachmittag Askalon erreicht hatte. So hatte er notgedrungen seinen Wagen mit Esel mitnehmen müssen, um ihrer nicht verlustig zu gehen, denn an einem solchen Tag war auch allerlei Diebesgesindel unterwegs.

Schon von Weitem sah er die großen Türme des Eingangsportals, auf deren Spitzen geflügelte Löwen Wache hielten, als sein Karren unvermutet von einem Menschenauflauf vor ihm zum Stehen gezwungen wurde. Verstimmt über diese Verzögerung kurz vor dem Ziel forderte er die Leute auf, für einen Augenblick beiseite zu treten. Eine dicke ältere Frau drehte sich mürrisch zu ihm um. Nachdem sie ihn einen Augenblick lang kritisch gemustert hatte, grunzte sie befriedigt: „Ah, einer dieser Schaf- und Ziegenbespringer auf dem Weg zu einem weichen Hintern. Der kommt genau richtig. Der kann sie auf seinem Karren zum Tempel bringen. Dort werden die Priesterinnen ihr schon weiterhelfen."

Gleich darauf teilte sich die Menge vor Eribas Augen, und er konnte den Grund für den Menschenauflauf erkennen. Vor ihm im Schmutz der Straße lag eine junge Frau mit blassem, von Schmerzen verzehrtem Gesicht, die mit zitternden Händen ihren gewölbten Leib hielt. Zwischen ihren Schenkeln hatte sich ein Rinnsal aus Wasser und Blut gebildet. Eh Eriba sich recht versah, hoben zwei starke Burschen die Frau vom Boden auf und betteten sie trotz seines Protests auf den Karren.

„Nimm sie mit zum Tempel, und du vollbringst ein den Göttern gefälliges Werk."

Eriba wollte erneut Einspruch erheben, doch das leise Stöhnen der jungen Frau und die erwartungsvollen Blicke der Menge rieten ihm, davon Abstand zu nehmen, wollte er nicht am Ende vielleicht den Zorn der Leute auf sich ziehen und gelyncht werden. Also ergab er sich in sein Schicksal, die Frau mitnehmen zu müssen und setzte seinen Weg fort, während sich hinter ihm die Menschenansammlung allmählich auflöste, froh darüber, so schnell eine angenehme Lösung für das Problem gefunden zu haben.

Beim Tempel angekommen, wandte Eriba sich ungehalten seinem unfreiwillig mitgenommenen Gast zu: „Du musst jetzt aussteigen. Wir sind da. Dort im Tempel wirst du schon Hilfe finden."

Doch so sehr Eriba auch drängte, die junge Frau machte keine Anstalten, sich vom Karren zu erheben. Stöhnend wand sie ihren Leib hin und her und schien seine Worte gar nicht wahrzunehmen. Fluchend sprang Eriba vom Kutschbock herunter.

„Das hat man davon, wenn man jemandem einen Gefallen tut. Nichts als Ärger und Scherereien bringt das mit sich."

Für einen kurzen Augenblick gelang es Daria, ihren Schmerz zu besiegen, und ihre großen braunen Augen schauten Eriba flehend an.

„Bitte, hilf mir hinein. Ich schaffe es nicht allein", bat sie, bevor der Schmerz sie erneut mit sich riss in den Strom tiefer Finsternis.

Die Macht dieses kurzen Augenblicks hatte jedoch genügt, Eriba gehorchen zu lassen. Leise fluchend hob er die Frau vom Karren, um sie in das Innere des Tempels zu tragen. Dass er dabei seinen frisch gewaschenen Kittel mit ihrem Blut verschmierte, verärgerte ihn erneut.

„Wegen einer mit deinen Augen und deiner Haut bin ich gekommen, aber nicht um ihr beim Gebären zuzusehen, sondern in ihr meinen Samen der Göttin zu spenden", brummte er leise vor sich hin.

Im Innern des Tempels schickte man ihn umher, bis sich endlich im Trubel des Festgeschehens jemand bereitfand, sich der Gebärenden anzunehmen.

„Das wird eine schwere Geburt", stellte eine im Tempel als Hebamme dienende Priesterin fest, nachdem sie Daria das Gewand nach oben gezogen hatte und mit ihren Händen in den Geburtskanal eingedrungen war. „Sie ist zu eng. Ich kann dir keine großen Hoffnungen machen."

„Sie ist nicht meine Frau", wandte Eriba sofort ein, um erst gar keinen falschen Eindruck entstehen zu lassen. „Ich habe sie auf der Straße aufgelesen."

Der düstere Blick der alten Priesterin traf ihn wie ein Faustschlag.

„Du solltest besser schweigen und dich nicht gegen die Göttin, deren Haus du gerade betreten hast, versündigen, sonst lasse ich die Tempelwächter rufen. Geh in den Nebenraum und warte dort bis alles vorüber ist."

Eriba wollte widersprechen. Doch der strenge Blick der Alten schien keinen Widerspruch zu dulden. Und da Eriba ein Mann war, der es gewohnt war zu gehorchen und die Obrigkeit fürchtete, ließ er sich ins Nebenzimmer führen, aus dem es kein Entrinnen gab.

Die einzige Tür nach draußen war jene, durch die er gekommen war, und sie führte durch den Raum, in dem jene fremde Frau ihr Kind gebar. Gleich einem im Käfig gefangener Vogel ließ Eriba sich auf eine Holzbank sinken und starrte auf die über ihm ins Mauerwerk eingelassene kleine Luke, durch die kaum noch Licht drang. Draußen musste es allmählich dunkel geworden sein. Wo war er da nur hineingeraten? Was gingen ihn diese fremde Frau und ihr Kind an? Nichts! Und trotzdem saß er nun hier und wartete auf die Geburt eines Kindes, das nicht das seine war. Und dabei könnte er nun, wäre die da draußen ihm nicht über den Weg gelaufen, in den Armen einer jener Göttinnen mit weichen Brüsten und feuchtem Schoss liegen und seine Männlichkeit genießen. Abermals verfluchte Eriba sein Schicksal. Doch das änderte an der Situation nicht das Geringste. Schließlich döste er verärgert ein.

Die alte Priesterin weckte ihn plötzlich unsanft aus dem Schlaf.

„Es ist eine Tochter", sagte sie unfreundlich, während sie Eriba ein in ein Leinentuch verpacktes Etwas hinhielt.

Blinzelnd starrte Eriba auf das Bündel. Es dauerte einige Zeit, bis er sich daran erinnerte, wo er war und wie er hierhergekommen war.

„Mich gehen weder dieses Kind noch diese Frau dort draußen etwas an. Geh hin und frag sie selbst. Ich kenne nicht einmal ihren Namen und sie den meinen ebenso wenig."

„Das würde ich gewiss, und sie würde dich wohl einen Lügner schimpfen, wenn sie dazu in der Lage wäre. Doch das ist sie nicht und wird es wohl auch nie wieder sein. Sie hat hohes Fieber und ich befürchte, dass sie nicht mehr lange leben wird. Du solltest zu ihr gehen."

Eh Eriba noch etwas sagen konnte, wurde er von der alten Priesterin in den Raum geschoben, in dem Daria auf einem Lager aus Stroh ruhte. Ihr blasses, eingefallenes Gesicht, auf dessen Stirn kleine Schweißperlen standen, erschütterte selbst den in Selbstmitleid versunkenen Eriba für einen Augenblick.

Kalte Schauer jagten Darias Körper. Ihr Kopf drohte zu zerspringen von einem Druck, der tief aus ihrem Innern kam. Einen Augenblick lang glaubte sie, Wasserwogen um sich zu spüren, die über ihrem Körper zusammenschlugen. Langsam sank sie hinab, immer tiefer hinunter auf den Grund des Sees, an dessen Ufern sie so oft unbeschwert entlang geschlendert war. Doch nun war es nicht mehr der See, den sie kannte und liebte, sondern ein großer Schlund, der sie einsog und hinab zog. Sie wollte nicht. Sie wehrte sich. Doch es half ihr nichts. Der sandige Grund griff nach ihr und hielt sie fest. Sie konnte nicht entkommen. Plötzlich hielt sie inne. Dort, genau vor ihr stand er, Klaustria. Er lächelte sie an, winkte ihr. Unsicher trat sie näher.

„Komm, Geliebte, komm. Es ist nur halb so schlimm", schien er zu sagen. „Lass sie gehen. Sie wird leben. Aphrodite ist mit ihr. Sie wird sie beschützen, unsere Tochter."

Langsam näherte sich Daria. Doch vor ihren Augen veränderte sich Klaustrias Gesicht. Kalte Fischaugen schauten sie an – Derketos Augen.

„Du entkommst mir nicht!"

Ihr Blick schien Daria zu verhöhnen.

„Du hast mich verraten. Du gehörst mir, nur mir. Hier in meinem Reich, wirst du nun auf ewig bleiben, verdammt, weil du die Götter gelästert hast."

Ein heiserer Schrei entwich Darias Kehle.

„Aphrodite, hilf!"

Aphrodite kam. Neben ihr schritt Klaustria. Langsam und würdevoll kamen sie näher und gewährten Daria einen Blick auf das Bündel, das Aphrodite auf ihren Armen trug, ein kleines, zierliches Wesen, auf dessen handgroßem Kopf eine Krone schimmerte.

„Sie ist wohlgeraten, eine Göttin der Liebe und eine Königin. Sieh hin! Sie lächelt."

Und Aphrodite lächelte ebenfalls. Doch da war es plötzlich wieder, Derketos zorniges Gesicht, das sich zwischen sie und die anderen drängte.

„Niemand betrügt mich. Niemand! Du gehörst mir."

Daria fühlte, wie Derketos kalter Fischschweif nach ihr griff, sich um ihren Hals legte. Sie wehrte sich. Doch Derketos Griff konnte sie nicht entkommen.

Daria fröstelte. Wie gelähmt lag sie da, während das Blut in ihren Adern gefror. Das kalte Lächeln der Fischgöttin war das Letzte, was Daria sah. Doch auch dies verschwamm letztlich. Daria war frei.

„Sie ist tot", stellte die alte Priesterin tonlos fest. „Für sie hat es keine Rettung gegeben. Doch immerhin waren die Götter so gnädig, dir das Kind zu lassen. Du solltest ihnen dankbar sein. Geh und opfere im Tempel für die Seele deines Weibes, während einige Tempelsklaven den Leichnam auf deinen Karren schaffen werden."

Eh Eriba etwas erwidern konnte, hielt er das Bündel in seinen Händen, und die alte Priesterin war verschwunden. Fluchend starrte Eriba auf das Neugeborene. Wie hatte er nur in diese missliche Lage kommen können? Warum musste so etwas gerade immer ihm passieren? Die Nacht war vorüber, das Fest war vorbei, und er hatte von all dem nichts mitbekommen. Statt sich amüsiert zu haben, war er nun im Besitz einer Toten und eines Säuglings, und mit beiden wusste er nichts anzufangen. Nach einigem Überlegen kam Eriba zu dem Schluss, dass ihm wohl nichts anderes übrigbleiben würde, als die Frau vor den Toren der Stadt zu verscharren und den Säugling am besten gleich mit. Wenn er schon als Vater dieses Kindes galt, so kam ihm auch das Recht zu, über Leben und Tod seines Kindes zu entscheiden. Viele Väter setzten ihre Töchter aus oder töteten sie nach der Geburt, weil sie sich das Großziehen eines Mädchens nicht leisten konnten oder wollten.

Während Eriba noch darüber nachdachte, wie er am besten vorgehen sollte, spürte er, wie etwas Warmes durch das Leinentuch sickerte und sich langsam über seinen ganzen Ärmel ergoss. Fluchend hätte er das Neugeborene am liebsten fallen gelassen und wäre davongelaufen, doch dazu fürchtete er sich zu sehr vor dem Zorn der Priesterinnen. Nein, er musste sich jetzt zusammennehmen und diesen unseligen Ort so schnell wie möglich verlassen. Dies war weit besser, als irgendwelches Aufsehen zu erregen.

Als er kurze Zeit später sein Gefährt in Richtung des großen Stadttors durch die Straßen Askalons lenkte, hatte das Leben wieder zu seinem gewohnten Gang zurückgefunden. Nur einige Betrunkene schliefen noch am Straßenrand ihren Rausch aus. Sonst erinnerte nichts mehr an den vergangenen Festtag.

Eriba kam all das Erlebte plötzlich unwirklich vor. Doch ein Blick nach hinten auf den Karren überzeugte ihn davon, dass nichts davon einem bösen Traum entsprang. Zornig erinnerte er sich auch wieder daran, dass ihm dieses ganze Erlebnis nicht nur den Spaß am Neujahrsfest geraubt, sondern zu guter Letzt auch noch einen ganzen Sack Mehl gekostet hatte, eine mehr oder weniger erzwungene Dankesspende an den Tempel. Dieses raffsüchtige Priestervolk konnte den Hals ja nie voll genug bekommen.

Nachdem er ohne weitere Zwischenfälle das Stadttor passiert hatte, begann Eriba darüber nachzudenken, welches wohl der beste Ort sei, um die Leiche der Frau zu verscharren. Nach kurzem Überlegen fiel ihm der heilige Myrissee ein, an dem er auf dem Hinweg vorbeigefahren war. Würde er die Tote dort einfach versenken, ersparte er sich eine Menge Arbeit.

Kurz entschlossen lenkte er sein Gefährt auf das Ufer des silbrig in der Sonne glänzenden Sees zu, an dessen gegenüberliegender Seite sich, von allen Richtungen aus gut sichtbar, der Tempel der Göttin Derketo in majestätischer Würde erhob.

Einige Zeit lang folgte Eriba dem Ufer des Sees, bis er schließlich im dichten Schilf ein altes, morsches Kanu am Ufer liegend fand, dessen Boden bereits leicht mit Wasser gefüllt war und das gewiss niemand mehr nutzte. In dieses schleppte er den Leichnam der Frau, der inzwischen kalt und steif geworden war. Dann hob er das kleine Bündel vom Karren, um es ebenfalls ins Boot zu legen. Doch nachdem er den Säugling sorgsam in die steifen Arme der Toten gebettet hatte und das morsche Boot langsam ins Wasser schob, begann sich plötzlich Eribas Gewissen zu melden. Was tat er da eigentlich? War er nicht gerade dabei, einen Mord zu begehen? Und das im Angesicht Derketos. Vielleicht würden die Götter ihn dafür für immer verfluchen? Und dabei war er doch eigentlich ein Mann, der keiner Fliege etwas zuleide tun konnte, noch weniger einem Menschen, auch wenn es sich dabei nur um einen Säugling und noch dazu um ein Mädchen handelte. Nachdenklich betrachtete er die Tote und das Kind, das sich aus dem Leinentuch frei gestrampelt hatte und nun sorglos und friedlich neben der Toten lag. Eriba schluckte. Nachdem er das kleine Wesen genauer betrachtet hatte, wusste er, dass er es gewiss nicht über sich bringen würde, dieses Kind einfach zu ertränken.

„Da hast du dir einen schönen Trottel ausgesucht, kleines Luder", brummte er vor sich hin, während er den Säugling wieder sorgsam aus dem Boot hob und zurück zum Karren trug.

„Wie soll ich das nur dem Herrn erklären, ganz zu schweigen von den anderen, deren Spott ich wegen dir werde ertragen müssen. Trotzdem, ich werde dich mitnehmen. Der Herr soll entscheiden. Soll er doch den Zorn der Götter auf sich laden und dir das Leben nehmen. Ich wage es nicht. Und vielleicht hast du ja auch Glück, und er übergibt dich einer Amme und lässt dich großziehen. Wir werden sehen."

Noch immer den Kopf über seine eigene Dummheit schüttelnd, wandte er sich schließlich erneut dem Kanu zu. Es kostete ihn einige Anstrengung und Mühe, das alte Boot ins Wasser zu schieben und vom Ufer abzustoßen. Einige Zeit verfolgte Eriba noch, wie es auf die Mitte des Sees zu trieb und dabei immer tiefer sank, bis das dunkle Nass es schließlich völlig verschlang. Dann setzte Eriba seinen Heimweg fort.

„Wäre ja noch schöner, dich einfach zu ersäufen", knurrte er leise vor sich hin. „Schließlich habe ich einen ganzen Sack Mehl für dich bezahlt. Der Herr wird schon wissen, was zu tun ist. Der Herr weiß immer Rat."

Dann versank Eriba in ein stumpfsinniges Brüten, denn ganz geheuer war es ihm nicht, Simma mit dem Säugling gegenüberzutreten.

„Wenn das die Wahrheit ist, dann bist du wirklich dümmer, als ich es je für möglich hielt. Lässt dir ein Kind andrehen, das nicht das deine ist. Das glaube ich einfach nicht."

Brüllend vor Lachen hielt Simma sich den Bauch, und sein Oberaufseher, der den betreten dreinblickenden Hirten vor ihn geführt hatte, lachte mit. Eine unglaublichere Geschichte hatten beide noch nie gehört. Während Simma schließlich erneut in das verstörte Gesicht seines Hirten blickte, wurde ihm klar, dass die Erzählung wohl tatsächlich der Wahrheit entsprach. Eine so unwahrscheinliche Geschichte wie diese konnte sich ein so einfältiger Mensch wie Eriba nicht einfach ausdenken. Wieder begann Simma in schallendes Gelächter auszubrechen, während sein Blick für einen kurzen Moment den seiner Gemahlin streifte. Vergeblich versuchte er darin eine Gefühlsregung zu entdecken. Schon seit langem schien Adia zu einer solchen nicht mehr fähig zu sein.

Nie würde Simma jenen Tag vergessen, an dem König Salmanassar ihn nach der erfolgreich beendeten Belagerung von Askalon zum Oberaufseher der königlichen Herden und Verwalter der Güter Assurs um Askalon herum ernannt hatte. Damals hatte ihr jüngster Sohn den König gesehen und war von ihm so beeindruckt gewesen, dass er den Entschluss fasste, dem Heer des Königs beizutreten. Doch seit dem Tag seines Fortgehens plagten Adia böse Ahnungen.

Vor zwei Monaten dann war tatsächlich ein Reiter des Königs von Assur mit der Nachricht erschienen, dass ihr jüngster Sohn bei der Belagerung von Damaskus von einem Pfeil tödlich getroffen worden war, und Adia war in eine stumpfe Melancholie verfallen. Hätte sie nur geweint, ihren Schmerz herausgeschrien, Simma wäre nicht so ratlos gewesen, wie er es angesichts dieser stummen Trauer war.

Vier Söhne hatte sie ihm geboren, und alle vier waren im Krieg für Assur und den König gefallen. Nun hatten sie nur noch einander, und Simma war auch durchaus bereit, sich mit dieser Tatsache abzufinden. Es war nun einmal das Los der jungen Männer, für Assur in den Krieg zu ziehen. Und kamen sie nicht mehr heim, so waren sie immerhin einen ehrenhaften Tod gestorben. Doch Adia, sonst eine gute und brave Frau, hatte sich einfach geweigert, ihm in dieser Hinsicht zuzustimmen. Die ersten beiden Söhne hatte sie ohne Zögern gehen lassen, den dritten hatte sie beschworen, es sich genau zu überlegen, doch den vierten hatte sie unter keinen Umständen ziehen lassen wollen.

„Nicht auch noch du. Das darfst du mir nicht antun. Wenigstens du musst bleiben, damit ich im Alter noch einen Lichtstrahl habe."

Doch auch ihr Jüngster war dem Ruf Assurs gefolgt, heimlich bei Nacht, um nicht die Tränen der Mutter mit ansehen zu müssen. Natürlich hatte Simma ihm die Erlaubnis dazu erteilt, verstand er als Mann doch nur zu genau, dass auch dieser Sohn seinen Weg gehen musste. Sich zuhause zu verstecken, während das Heer des Königs Krieg führte, dass konnte nur ein Feigling ertragen, und natürlich war keiner seiner Söhne ein solcher.

Nach seiner Abreise hatte Adia kaum noch ein Wort mit ihm gesprochen, denn sie wusste genau, dass er die Partei des Sohns unterstützt hatte. Als er sie einmal zu trösten versuchte und von den errungenen Siegen Salmanassar berichtete, hatte sie nur kalt erwidert: „Assurs Blutgier wird nie gestillt werden können. Er wird uns erst Frieden schenken, wenn er auch das Blut unseres letzten Sohns getrunken hat."

„Wie kannst du so etwas sagen, Weib?", hatte Simma erschreckt aufbegehrt. „Lästere die Götter nicht."

„Ich lästere nicht. Ich weiß es", hatte Adia geantwortet und hatte dann das Thema nie wieder erwähnt.

Doch sie schien geradezu auf die Unglücksbotschaft gewartet zu haben, und als sie tatsächlich eintraf, war Adia keiner Träne mehr fähig. Schließlich hatte Simma den Arzt gerufen. Dieser hatte ihm nur bestätigt, was er selbst bereits befürchtet hatte. Wenn nicht ein Wunder geschah, würde Adia vor Schmerz den Verstand verlieren.

All dies wurde Simma beim Anblick seiner Gattin erneut bewusst, und das Lachen gefror auf seinen Lippen.

„Nimm du es und vollbringe, wozu Eriba nicht fähig war. Setze es im Wald aus oder erschlage es", meinte Simma an seinen Oberaufseher gewandt. „Und dir, Eriba, rate ich wohl, in Zukunft die Stadt zu meiden. Solche Einfaltspinsel wie du sind für die gerissenen Syrer leichte Beute."

„Ja, Herr", antwortete Eriba sichtlich erleichtert darüber, die Angelegenheit überstanden zu haben. Bereitwillig gab er das Kind an den Oberaufseher weiter, bevor er so unauffällig wie möglich das Herrenhaus verließ.

Auch der Oberaufseher wollte sich zum Gehen wenden, als Adia ihn mit bestimmendem Ton zurückhielt: „Zeig mir dieses Kind!"

Fragend blickte Gula zu seinem Herrn. Als dieser, selbst überrascht von der plötzlichen Bestimmtheit und Heftigkeit seiner Frau, nichts erwiderte, trat der Oberaufseher auf seine Herrin zu und hielt ihr das Bündel entgegen. Diese schlug wortlos das billige Leinentuch beiseite und betrachtete das vor Hunger weinende Kind einen Augenblick. Dann fuhr sie ebenso bestimmt fort: „Ihr Männer seid zwar Helden, immer bereit euch tapfer zu schlagen. Doch euer Wagemut macht euch blind für die wirklich wichtigen Dinge dieser Welt. Dieses Kind hier ist ein Kind der Götter. Niemand darf es töten. Ich werde es zu mir nehmen und aufziehen, als wäre es meine eigene Tochter. Und dies wird sie bleiben, bis das Schicksal sie rufen wird und ich sie gehen lassen muss."

Ohne die Erlaubnis ihres Mannes abzuwarten, nahm Adia das Kind mit sich in ihre Gemächer.

Simma blickte ihr nach, hin- und hergerissen zwischen Wut und Ohnmacht. War seine Frau nun tatsächlich wahnsinnig geworden, sich so über ihn und seine Befehle hinwegzusetzen? Oder war dieses Kind vielleicht die Rettung, eine Gabe der Götter, um Adia vor dem Wahnsinn zu bewahren? Er rief sich in Erinnerung, dass Adia bisher immer ein gutes und gehorsames Weib gewesen war. Vielleicht sollte er ihr darum dieses eine Mal ihren Willen lassen. Was bedeutete dieses Kind schon? Nichts! Doch wenn es Adia half, über ihren Schmerz hinwegzukommen, so war heute vielleicht wirklich ein Wunder geschehen.

2.

Mit einem Schrei erwachte Semiramis. Am ganzen Körper zitternd, brauchte sie einige Augenblicke, bis sie begriff, dass sie sicher in ihrem Schlafgemach lag und niemand ihr etwas antun wollte. Doch da war er wieder gewesen, dieser Traum, der sie seit dem Tod von Kaja verfolgte. - Der See, die starken, kräftigen Männer, die vor ihren Augen zu Skeletten verfielen und jene weiße, nebelhafte Frau, die sie höhnisch auslachte und immer wieder zischte : Du bist verflucht, Semiramis. Wer dich liebt, wird zugrunde gehen. Du bringst den Tod! –

Schweißgebadet erhob sich Semiramis aus ihrem Bett. Was hatte dieser Traum nur zu bedeuten, der sie so beharrlich Nacht für Nacht verfolgte? Sie hatte Adia danach gefragt. Doch diese hatte nur gelächelt und gesagt: „Träume kommen und gehen. Du musst dir keine Sorgen machen. Bei uns bist du sicher. Dir wird nichts geschehen."

Semiramis war sich sicher, dass ihre Mutter ihr mehr hätte sagen, ihr den Grund für diese Träume hätte erklären können. Doch es war ihr nichts weiter zu entlocken gewesen. Auch alle anderen schwiegen, wenn sie diesbezüglich Fragen zu stellen begann. Und seit Kajas Tod gingen sie ihr aus dem Weg, als sei dessen Tod ihre Schuld. Dabei konnte sie doch nichts dafür. Sie hatte ihn sogar noch gewarnt, zugerufen, er solle beiseite springen, als das wild gewordene Pferdegespann auf ihn zugerast war. Doch er hatte nur in ihre Augen geblickt und sich nicht gerührt, so als wäre er gefangen, unfähig, sich ihres Blicks zu entziehen. Niedergetrampelt hatten die Pferde ihn. Und er war mit einem Lächeln auf den Lippen gestorben, ihren Namen hauchend.

Seit diesem Vorfall verfolgten Semiramis diese Alpträume. Sie hatte Kaja gemocht, den Sohn von Gula, dem Oberaufseher ihres Vaters. Und er war ihr ebenfalls zugetan gewesen, das wusste sie. Schließlich waren sie zusammen aufgewachsen, hatten miteinander gespielt und gemeinsam Unterricht erhalten. Sie waren Freunde geworden. Doch in den letzten Monaten hatte sich Kajas Blick, wenn er sie betrachtete, verändert. Manchmal hatte er sie plötzlich so seltsam angeschaut und gesagt. „Deine Schönheit verschlägt mir den Atem. Wenn ich in deine blauen

Augen sehe, meine ich, in einem tiefen See zu ertrinken."

Am Anfang hatte Semiramis darüber gelacht. Doch mit der Zeit hatte auch sie erkennen müssen, dass sich etwas in Kajas Blick verändert hatte. Diese Veränderung hatte ihr Angst gemacht. Sie wollte nicht, dass sich etwas zwischen sie schob. Und dann hatte er in einem stillen Augenblick auf der Weide, als sie ihm sein Mittagessen brachte, versucht, sie zu küssen. Energisch hatte Semiramis ihn zurückgewiesen, wohl wissend, dass sich ein solches Verhalten für die Tochter Simmas nicht geziemte. Doch seither war dies Geschehnis zwischen ihnen gestanden, hatte es unmöglich gemacht, zur alten Freundschaft zurückzukehren. Und nun war er tot, gestorben, weil er seinen Blick nicht von ihrem Anblick hatte lösen können. So jedenfalls empfand es Semiramis, auch wenn ihre Mutter ihr versicherte, dass er dem Gespann in keinem Fall hätte ausweichen können, dass es ein tragischer Unfall gewesen war, für den niemand etwas könne. Aber Semiramis wusste es besser. Sie ahnte, dass etwas nicht mit ihr stimmte, dass in ihr zwei Mächte miteinander fochten. Nur verstehen konnte sie es nicht.

Adia stand plötzlich in der Tür. Aus dem Schlaf gerissen durch Semiramis entsetzten Schrei war sie aufgestanden, um nach der Tochter zu sehen. Langsam trat sie näher und legte zärtlich und beruhigend ihren Arm um das Mädchen.

„Was ist, mein Täubchen?", fragte sie besorgt.

„Es ist wieder dieser Traum, Mutter. Er lässt mich nicht los. Ich kann nachts einfach keine Ruhe mehr finden."

„Das wird vorbeigehen, mein Kind. Das mit Kaja war ein schreckliches Erlebnis und wird dich gewiss noch eine Weile verfolgen. Der plötzliche Tod eines uns nahestehenden Menschen lässt immer Angst und Schrecken zurück. Auch ich habe unter Albträumen gelitten, als deine Brüder für Assur in den Krieg zogen. Ich habe sie im Traum sterben gesehen, lange bevor sie wirklich starben. Hilflos musste ich mich dem Schicksal beugen. Ich konnte das Verhängnis nicht aufhalten. Der Wille der Götter war stärker als meine Mutterliebe. Vor allem die beiden Jüngsten wollte ich in Anbetracht des Opfers, das ich Assur bereits mit meinen beiden ältesten Söhnen gebracht hatte, nicht in den Krieg ziehen lassen. Doch das Schicksal nimmt stets seinen Lauf. Wir alle sind ein Spielball der Götter und deren Mutwilligkeit unterworfen. Weder du noch ich können unser Schicksal ändern. Aber du, mein Täubchen, bist etwas Besonderes. Das wusste ich vom ersten Augenblick an, als ich dich im Arm hielt. Du bist ein Geschenk der Götter. Daran darfst du niemals zweifeln."

„Und was will dann diese schreckliche, weiße Frau mit dem Fischschweif von mir, die mir nachts erscheint und mich verflucht?"

„Auch die Götter sind sich nicht immer einig. Lass sie dich verfluchen, diese weiße Frau, andere Götter schützen dich. Vertraue mir, denn ich bin deine Mutter und liebe dich."

„Aber warum verflucht sie mich und raubt mir damit den Schlaf?", beharrte Semiramis auf einer Antwort. „Es muss doch einen Grund für ihren Zorn geben?"

Doch Adia ließ sich keine weitere Erklärung entlocken.

„Versuch jetzt einfach, wieder zu schlafen, mein Kind. Morgen früh sieht die Welt gleich ganz anders aus."

Zärtlich drückte Adia die Tochter zurück aufs Bett und deckte sie zu. Dann verließ sie lautlos das Zimmer.

Leise kehrte sie zurück in ihr Schlafgemach, um Simma nicht zu wecken. Doch dieser war von Semiramis´ Schrei ebenfalls geweckt worden.

„War es wieder der gleiche Traum, der sie plagt?", fragte er tonlos ins Dunkel.

„Ja", antwortete Adia. „Und langsam weiß ich nicht mehr weiter. Sie leidet, gibt sich die Schuld an dem Unfall."

„Nicht nur sie gibt sich die Schuld", entgegnete Simma nachdenklich. „Auch andere, die das Geschehen beobachtet haben, munkeln, sie habe Kaja verhext."

„Das ist doch Unfug, Simma, und das weißt du."

„Sicher, doch selbst Unfug lässt sich nicht so einfach aus der Welt schaffen. Wahr ist, dass Semiramis zu einer atemberaubenden Schönheit herangewachsen ist, die jeden in ihren Bann zieht. Ich weiß nicht, wie lange wir sie noch vor der Welt dort draußen und ihrer Herkunft schützen können. Das Gerede wird nicht weichen. Und eines Tages werden wir ihr die Wahrheit über ihre Herkunft sagen müssen."

„Dieser Tag liegt noch in weiter Ferne. Was gibt es auch groß zu sagen, außer, dass sie nicht unser Kind ist, sondern dass wir sie an Kindes statt angenommen haben, weil ihr Vater unbekannt und ihre Mutter gestorben war?"

„Ich habe damals in der Stadt Nachforschungen anstellen lassen, nachdem du dich nicht von dem Kind trennen wolltest. Sehr wahrscheinlich ist Semiramis das Kind einer gefallenen Priesterin Derketos, die ihr Keuschheitsgelübde gebrochen hat und darum mit Schimpf und Schande aus dem Tempel geworfen wurde, nachdem die Folgen ihres Fehltritts sichtbar wurden. Meine Nachforschungen passen zu Eribas Schilderungen, wie er zu dem Kind gekommen ist. Wenn das stimmt, ist Semiramis die Frucht einer mehr als nur sündigen Beziehung und vielleicht durchaus von Derketo verflucht."

„Das glaubst du doch selbst nicht, Simma. Du warst nie ein besonders die Götter fürchtender Mann. Du wirst doch nicht auf deine alten Tage anfangen, an Spuk und Zauber zu glauben?"

„Nein, aber an eine Schönheit, die zum Fluch werden kann. Schon jetzt besticht Semiramis durch ihr Äußeres einen jeden. Bedenke, sie ist erst dreizehn Jahre alt. Wie soll das erst werden, wenn sie zur Frau herangereift ist? Und dann ist da noch diese grazile Wildheit in ihr, die zu einem wohlerzogenen Mädchen aus gutem Haus nicht passt. Irgendwann wird uns das Mädchen über den Kopf wachsen. Doch was soll's. Im Augenblick habe ich andere Dinge im Kopf."

„Die da wären?", forschte Adia.

„Der Turtanu hat sich angekündigt. Er wird mit großem Gefolge vorbeikommen, um für die Ställe des Königs die besten Pferde des Gestüts auszusuchen. Du weißt, ein solcher Besuch ist zwar eine große Ehre, bringt aber auch immer viele Kosten, Mühen und Unannehmlichkeiten mit sich. In den nächsten Tagen wird es viel zu tun geben, um ihn entsprechend zu empfangen und zu bewirten."

„Auch das noch", brummte Adia, die von allem, was aus ihrem Stammland Assur kam, nicht viel hielt. Zu sehr verknüpfte sie Assurs fortwährende Kriege mit dem Tod ihrer Söhne, der sie noch immer schmerzte. Hätten die Götter ihr damals nicht Semiramis geschenkt, sie wäre an ihrem Schmerz erstickt.

„Lass uns morgen darüber sprechen", lenkte Simma ein. „Und versuche jetzt zu schlafen."

Der bevorstehende Besuch des Turtanu hatte schnell das ganze Gestüt in Aufregung versetzt. Die Pferdeställe wurden ausgemistet, die schönsten und edelsten Tiere von den Koppeln in die Ställe gebracht und gestriegelt, bis ihre Felle glänzten. Für den Turtanu war nur das Beste vom Besten gut genug.

Auch im Haus ging es hoch her. Das beste Zimmer wurde für den hohen Gast hergerichtet. Überall im Haus wurde gestrichen und geputzt. Längst fällige Reparaturen wurden ausgeführt und die Vorratskammern bis unter das Dach aufgefüllt. Dem Gast sollte es an nichts fehlen. Um das sicherzustellen, scheute Simma keine Kosten und Mühen, denn ihm war sehr daran gelegen, dass der Turtanu dem König einen positiven Bericht über das Wirken seines Dieners hier vor den Toren Askalons überbrachte.

Um letzte Besorgungen für den hohen Besuch zu tätigen, wollte Simma Eriba mit einer langen Liste von Dingen in die Stadt senden, um diese auf dem Markt zu besorgen. Als Semiramis davon erfuhr, bettelte sie so lange, bis Simma seiner Tochter erlaubte, Eriba in die Stadt zu begleiten.

Semiramis liebte die Stadt und den Markt. Sie empfand es immer wieder aufregend, von einem Stand zum nächsten zu schlendern und sich die angebotenen Waren aus aller Welt anzuschauen, bei Interesse zu feilschen und mit ihrer Beute heimzukehren. So schlenderte sie auch an diesem Tag zwischen edlen Stoffen, bunten Bändern, Ketten aus Muscheln und Perlen, Ledersandalen und Silberschmuck umher, ohne sich wirklich für etwas entscheiden zu können. Noch immer hatte sie keine der Münzen, die Simma ihr geschenkt hatte, ausgegeben. Bald würde Eriba mit seinen Einkäufen fertig sein, und sie würden den Heimweg antreten. Da plötzlich blieb Semiramis' Blick an einer alten Frau hängen, der Kleidung nach eine Babylonierin, die ihre Dienste anpries, indem sie feine Knöchelchen aus einem Becher auf den Boden warf und versprach, daraus einem jeden die Zukunft voraussagen zu können. Es war weithin bekannt, dass die Babylonier sich von allen Völkern auf diese Kunst am besten verstanden.

Fasziniert blieb Semiramis stehen. „Was kostet es, sich von dir die Zukunft voraussagen zu lassen?", fragte sie neugierig.

„Eine Kupferkite, und du erfährst von mir alles, was du zu wissen begehrst", antwortete die Alte begehrlich.

Entschlossen zog Semiramis ihr Geld hervor und reichte der Alten den vereinbarten Preis.

„Setz dich zu mir, Mädchen. Zeig mir die Linien deiner rechten Hand."

Lange studierte die Babylonierin die Handinnenfläche des Mädchens, bis sie kopfschüttelnd deren Hand losließ.

„Was ist? Was siehst du?", fragte Semiramis aufgeregt.

„Ich weiß nicht, ob ich dir das, was ich in deiner Hand gesehen habe, wirklich sagen soll. Manchmal ist es besser, man kennt sein Schicksal nicht. Verstehst du, was ich meine?"

„Nein!", entgegnete Semiramis aufgebracht. „Ich habe bezahlt, jetzt will ich auch eine Antwort."

Unwillig schüttelte die Alte den Kopf. „Überlege es dir noch einmal gut, mein Kind. Es wird dich nicht glücklich machen, was ich dir sagen kann."

„Ich will es trotzdem wissen", erwiderte Semiramis energisch. „So schlimm kann es auch wieder nicht sein."

Die Alte stöhnte leicht auf. „Also gut. Viel kann ich dir aber nicht sagen, nichts wirklich Bestimmtes. Deine Lebenslinie ist lang und verworren. Sicher ist, du wirst alt werden. Doch immer wieder werden deine Lebensumstände sich plötzlich und vollständig ändern. Leider umgibt deine gesamte Lebenslinie ein Meer von Gewalt und Blut. Überall sehe ich Blut, Leid, Elend, Grausamkeit, Krieg und Not. Woher das kommt, ich weiß es nicht. Ob all das von dir oder anderen ausgeht, bleibt mir verborgen. Aber wirklich glücklich wirst du wohl nie lange sein."

Betroffen blickte Semiramis zu Boden. War dies nicht auch das, was sie seit einiger Zeit fühlte, nämlich dass das Unglück an ihr haftete, dass sie anderen Verderben bringen würde?

„Ganz so schlimm ist es nun auch wieder nicht", versuchte die Babylonierin zu trösten. „Es sind auch durchaus positive Aspekte in deinen Handlinien zu finden. Du bist klug, zielstrebig und besitzt eine ganz besondere Aura, mit der du andere Menschen für dich gewinnst. Keiner kann sich letztendlich deiner Ausstrahlung entziehen. Das wird dir auf deinem Weg viel helfen, mein Kind. Mehr kann ich dir nicht sagen."

„Kannst oder willst du nicht?", hackte Semiramis nach.

Die Alte seufzte schwer. „Du bist zu Großem geboren, das ist sicher, mein Kind. Aber aller Glanz wirft auch schwarze Schatten. Vergiss das nie. Wenn Feuer und Wasser aufeinandertreffen, dann beginnt der eigentliche Kampf deines Lebens."

„Wann wird das sein?"

„Das, meine Kleine, wirst du in dem Augenblick, da es soweit ist, sofort selbst spüren. Es wird dein Leben völlig verändern, wird großes Glück und großes Leid bringen. Doch bei allem vergiss niemals deine Wurzeln. Du bist ein Kind Derketos, ein Kind des Wassers. Und Wasser ist stärker als Feuer, denn es kann Feuer löschen. Mehr weiß ich wirklich nicht."

Nachdenklich erhob Semiramis sich. Was sollte sie mit diesen Aussagen der Alten anfangen. Irgendwie erschien ihr alles wie ein großes Rätsel, das sie nicht lösen konnte. Aber eins erschien ihr sicher, es war kein gutes Rätsel. Sie hörte nicht mehr, wie die Alte eilig Zaubersprüche herunterbetete, um die bösen Geister zu vertreiben.

Bedrückt schlenderte Semiramis weiter über den Markt. Doch die Freude an all den Kleinigkeiten, die sie sonst so gern erwarb, war ihr vergangen. An einem der Stände erwarb sie einen Honigkuchen, um ihren Hunger zu stillen. Dann machte sie sich auf den Weg zum Ischtartempel, bei dem sie auf Eriba warten wollte. – Wenn Feuer und Wasser aufeinandertreffen? Ein Kind Derketos? – Was hatte dies alles mit ihr zu tun? Vielleicht war die Frau ja eine Scharlatanin gewesen und wollte ihr nur Angst einjagen. Was hatte sie mit Derketo zu schaffen? Nichts. Sie war von ihren Eltern in dem Glauben an die Allmacht des Gottes Assur, dem König der Götter, welcher die Geschicke bestimmt, erzogen worden, auch wenn ihre Mutter keine Freundin von ihm war, war er doch ein grausamer, blutrünstiger Gott, der seine Opfer forderte. Daneben gab es noch Enlil, den Herrn der Länder, Ea, den Weisen, Adad, den Gott des Donners, sowie Ischtar, die Kriegs- und Fruchtbarkeitsgöttin. Von einer Derketo hatte sie nie mehr gehört, als dass dieser fischkörprigen Göttin hier in der Nähe von Askalon ein Tempel geweiht war.

Langsam wurde Semiramis ungeduldig. Wo steckte Eriba. Er hätte schon längst zurück sein sollen. Die Sonne hatte bereits längst den Zenit überschritten, und Eriba war noch immer nicht zurückgekehrt. Wo war er nur wieder abgeblieben?

Als er schließlich am späten Nachmittag mit seinem Fuhrwerk vor dem Tempel auftauchte, sah Semiramis auf den ersten Blick, was den Diener aufgehalten hatte. In irgendeiner Gaststube musste der Wein wieder einmal besonders gut geschmeckt haben. Unfähig das Gefährt gerade zu lenken, ließ Eriba den Pferden mehr oder weniger freien Lauf. Wer nicht schnell genug zur Seite sprang, lief Gefahr, vom Fuhrwerk erfasst zu werden. Zornig trat Semiramis auf den Diener zu.

„Du nichtsnutziger Kerl! Auf dich kann man sich wirklich gar nicht verlassen. Aber diesmal werde ich Vater davon berichten und dafür sorgen, dass du ausgepeitscht wirst. Betrinkst dich schon am Mittag und fährst fast die Leute um. Geh, rutsch rüber und lass mich lenken, sonst bekommen wir noch Ärger, weil du einen Passanten überrollst."

Entschlossen kletterte Semiramis auf den Wagen und nahm die Zügel in die Hand.

„Verzeih mir, kleine Herrin. Ich dachte nicht, dass der Wein so schwer ist, dass er gleich in den Kopf steigt. Es waren nur zwei Krüge. Wirklich!"

„Und das in der prallen Mittagssonne. Du weißt doch genau, dass man vor dem Abend keinen ungemischten Wein trinken soll."

„Das war doch nur eine Ausnahme. Es wird nicht wieder vorkommen", lallte Eriba.

„Das wird es bestimmt nicht, wenn du dafür eine Tracht Prügel bekommen hast. Anstatt auf mich aufzupassen, muss ich jetzt auf dich Acht geben, dass du mir nicht noch vom Wagen fällst."

Geschickt lenkte Semiramis den Wagen durch das Stadttor auf die nordöstliche Straße, die zu den Weidegründen ihres Vaters führte. Vorbei am Myrissee musste sie den Wagen plötzlich anhalten, weil Eriba sich übergeben musste.

„Was habe ich nur verbrochen mit einem so unfähigen Diener wie dir bestraft zu sein?", zischte Semiramis zornig. „Assur sollte dir eigenhändig die Haut vom Leib ziehen, du Trunkenbold. Hast du wenigstens für Vater alle Vorräte einkaufen können?"

„Ja, kleine Herrin. Ich habe alle Aufträge erledigt. Und ich wusste wirklich nicht, dass der Wein eine solch verheerende Wirkung haben würde. Es tut mir aufrichtig leid. Bitte, Herrin, sag niemandem etwas davon. Ich verspreche dir auch, mich zu bessern."

Semiramis holte die Wasserflasche hervor und reichte sie Eriba. „Trink, dann wird es dir bald besser gehen. Und wasch dich im See. Du stinkst nach Erbrochenem."

„Seltsam", murmelte Eriba in sich hinein. „Der See! Ausgerechnet hier müssen wir anhalten."

„Was meinst du?", fragte Semiramis verärgert. Eigentlich hatte sie schon viel weiter sein wollen. Es würde Nacht werden, bis sie das Gut erreichten.

„Nichts weiter, als dass es merkwürdig ist, ausgerechnet am heiligen See der Göttin Derketo zum Stehen gekommen zu sein."

„Dies ist der See der Göttin?", forschte Semiramis überrascht.

„Ja, kleine Herrin. Und nicht weit von hier ist ihr Tempel, direkt am See gelegen."

Ein merkwürdiges Gefühl beschlich Semiramis. Konnte das Zufall sein. Schon zum zweiten Mal am heutigen Tag begegnete ihr der Name Derketo. Was hatte diese fremde Göttin in ihrem Leben zu suchen?

„Hör zu, Eriba. Du hast mehr als nur eine Tracht Prügel verdient für das, was du dir heute geleistet hast. Aber ich werde noch einmal drüber hinwegsehen, wenn du dafür mit mir einen kurzen Abstecher zu diesem Tempel machst. Ich will ihn sehen."

„Aber warum denn das? Wir sind doch ohnehin schon spät dran. Es wird in jedem Fall Ärger geben."

„Das ist nicht meine Schuld. Entweder - oder? Du kannst es dir überlegen."

Missmutig stimmte Eriba zu. Unweit des Tempels hielt das kleine Gefährt, und Semiramis stieg vom Wagen, um den Tempel aus der Nähe zu betrachten.

„Es leben nur keusche Frauen darin, und sie lassen niemanden hinein. Eine Opfergabe kannst du vor dem Tor niederlegen", rief Eriba ihr nach.

Doch Semiramis hörte ihn schon nicht mehr. Etwas in ihr zog sie magisch näher zum Tempel hin, etwas anderes ließ sie plötzlich schaudern und zurückweichen. Vor ihrem inneren Auge erschien jene weiße Frau, die sie seit einiger Zeit in ihren Träumen bedrängte. Undeutlich ahnte Semiramis, dass der Ursprung ihrer dunklen Ahnungen und Visionen hier zu finden war, im Tempel der Göttin Derketo. Eilig zog sie einige Münzen aus der Tasche, legte sie in die vor dem Tempel der Göttin aufgestellte Opferschale und eilte dann zu Eriba zurück.

„Lass uns nach Hause fahren, schnell. Und jetzt musst du den Wagen lenken. Ich fühle mich im Augenblick nicht dazu im Stande." Derketo! Semiramis wusste es jetzt. Auf unheimliche Art und Weise bestimmte diese Göttin mit über ihr Leben. Die Babylonierin hatte recht gehabt.

Eriba nickte. „Schon gut, kleine Herrin. Mir geht es inzwischen viel besser. Ruh dich aus."

Erst spät in der Nacht erreichten sie das Gut. Doch niemand nahm davon groß Notiz, denn zur allgemeinen Überraschung war der Turtanu einige Tage früher als angekündigt eingetroffen, und jeder im Haus war damit beschäftigt, den hohen Gast zufrieden zu stellen.

Semiramis mied das Haus. Sie wollte dem hohen Besuch so gut es ging aus dem Weg gehen. Sie brauchte dringend Zeit für sich, um all ihren neuen Empfindungen und Ahnungen freien Lauf zu lassen, ein Gefüge in ihre verworrenen Gedanken zu bringen. Fast täglich sattelte sie darum ihr Pferd, um unbeschwert über Felder und Wiesen zu reiten. In der Natur fühlte sie sich frei und ungebunden, konnte im wilden Galopp ihre Umgebung an sich vorbeifliegen sehen. Sobald sie das Gutshaus betrat, empfand sie sich Zwängen und Konventionen unterworfen, die ihrer Natur, ihrer Freiheitsliebe nicht entsprachen. Im Haus gab es ein festes Bild von der Rolle einer Frau, ihren Aufgaben und ihrem Verhalten, dem Semiramis nur schwer entsprechen konnte. Obwohl ihre Eltern sich immer alle Mühe gegeben hatten, sie zu einer wohlerzogenen jungen Dame heranzuziehen, wusste Semiramis doch genau, dass sie in dieses Bild nie passen würde. Ihre innere Wildheit und Zerrissenheit mochte sie sich selbst zuweilen nicht erklären.

So kam es, dass sie eines Mittags im fliegenden Galopp in den Hof sprengte, gerade als ihr Vater dem Turtanu einige Pferde des Gestüts vorführte. Ein Lächeln huschte über Semiramis Gesicht, als sie den Vater erblickte. Mit ihren offenen, schwarzen Haaren spielte der Wind, auf ihrem Körper und im Gesicht hatten sich, vom wilden Ritt, feine Schweißperlen gebildet, die ihre Kleider am Körper kleben ließen.

„Wer ist das Mädchen?", fragte Onnes Simma verwundert. „Ich habe noch niemals zuvor ein Mädchen gesehen, das so reiten kann."

„Das ist meine Tochter Semiramis. Ja, ich gestehe, sie ist ein wenig zu wild für ihr Alter. Es fällt ihr schwer, sich an einen Webstuhl zu setzen, wie es ihrem Alter entspräche, und wir sind, ehrlich gesagt, auch immer etwas nachlässig mit ihrer Erziehung gewesen."

„Nein, nein, Simma. Ganz ehrlich gesagt, etwas so Wunderbares wie dieses Geschöpf sollte man nicht unterjochen. Es würde den Zauber verlieren, der von dieser Natürlichkeit ausgeht. Wie alt ist das Mädchen?"

„Oh, Semiramis ist dreizehn. Bald wird sie im heiratsfähigen Alter sein, und es wird uns schwerfallen, einen Bräutigam für sie zu finden. Jeder bisherige Bewerber ist vor ihrer, wie ihr es höflicher Weise zu nennen pflegtet, Natürlichkeit, zurückgeschreckt, oder sie selbst hat ihn mehr oder weniger aus dem Haus gejagt. Keiner ist bisher mit ihr fertig geworden."

„Alles Bauernburschen, nehme ich an. Dafür ist sie viel zu kostbar. Bitte sie heute Abend zu uns zum Essen. Ich möchte sie näher kennenlernen."

„Ich widerspreche dir nur ungern, Hoheit, aber ich fürchte, sie wird sich nicht entsprechend zu benehmen wissen. Das möchte ich dir nicht zumuten."

„Hab keine Sorge, Simma. Du hast mich ja gewarnt. Was auch immer passiert, ich werde es dir nicht anlasten."

Mit einem verschmitzten Lächeln die Hand hebend, war das Thema damit für den Turtanu beendet.

„Wie du befiehlst, mein Herr. Ich werde einen Boten zu meiner Frau senden, damit sie Semiramis auf den heutigen Abend vorbereiten kann."

„Tu das. Und nun lass uns weiter die Pferde begutachten. Du hast wirklich ein paar besonders schöne Exemplare für den König herangezogen."

„Was soll ich? Am Abendessen teilnehmen. Das ziemt sich nicht, Mutter. Auch du hältst dich für gewöhnlich solchen Essen fern, damit die Männer unter sich sein können."

„Heute Abend wird dies anders sein, Semiramis. Du und ich, wir werden beide an diesem Essen teilnehmen. Das ist der ausdrückliche Wunsch des Turtanu. Und ihm haben wir zu gehorchen, ob wir wollen oder nicht. Also wasch dich, zieh dir ein sauberes Kleid an und benimm dich ausnahmsweise heute Abend einmal so, wie es sich für eine junge Dame geziemt. Mach uns keine Schande."

Widerwillig schüttelte Semiramis den Kopf.

„Was will der alte Mann von mir? Er könnte nicht nur mein Vater, er könnte fast mein Großvater sein mit seinen grauen Haaren und den Falten im Gesicht."

„Aber Semiramis. Wie kannst du das sagen. Der Turtanu ist der zweitmächtigste Mann im Reich Assur, gleich nach dem König. Du weißt gar nicht, welche Ehre es ist, von einem solchen Mann bemerkt zu werden."

„Darauf kann ich durchaus verzichten", antwortete Semiramis trotzig, machte sich dann aber doch auf den Weg, um die Anordnungen der Mutter auszuführen. Letztendlich war ihr nicht daran gelegen, dass der Vater wegen ihres Benehmens Ärger bekam.

Während des gesamten Abends spürte Semiramis den forschenden Blick des Turtanus auf sich gerichtet. Fast blieben ihr die Bissen des zu Ehren des Generalstellvertreters des Königs besonderen Mahls im Hals stecken, so unwohl fühlte sie sich unter seiner Beobachtung. Als das Geschirr schließlich abgetragen wurde, wandte der hohe Gast sich ihr zu: „Ich habe noch niemals zuvor ein Mädchen so wie dich reiten gesehen. Du schienst mit deinem Pferd verwachsen zu sein. Wo hast du das gelernt?"

„Das ist nur Übung, Hoheit", antwortete Semiramis zurückhaltend.

„Wie alt bist du jetzt genau?", wünschte der Turtanu zu wissen.

„Zum Neujahrsfest werde ich vierzehn Jahre, Hoheit."

„Nun, dann wird es wohl wirklich langsam Zeit, für dich einen Mann zu finden."

„Darauf kann ich noch ziemlich lange verzichten, Herr. Ist man erst verheiratet, ist man nur noch eine Gefangene im Haus des Mannes. Wenn es nach mir ginge, würde ich niemals heiraten. Ich liebe meine Freiheit."

„Dafür, Semiramis, bist du viel zu schön. Du bist für die Liebe gemacht. Allein deine vollen, sinnlichen Lippen sind für jeden Mann die Versuchung selbst. Du solltest bald einen Mann für sie finden, Simma, denn ihr Blut ist heiß und sicher schon bald voll Verlangen. Wahrlich, du beherbergst in deinem Haus einen wertvollen, ungeschliffenen Edelstein. "

Semiramis wünschte sich nichts mehr, als endlich aufstehen und gehen zu dürfen. Doch nun traten die zu Ehren Onnes bestellten Musikanten auf, und der Abend zog sich weiter in die Länge. Als Semiramis schließlich von ihrer Mutter auch noch aufgefordert wurde, zu der

Weise der Musikanten ein Lied zu singen, glaubte sie vor Zorn platzen zu müssen. Wollten alle hier sie vorführen wie eine Zuchtstute? Warum konnten sie sie nicht einfach in Ruhe lassen? Dennoch folgte sie widerwillig dem Wunsch der Mutter und trällerte eine Weise von unerfüllter Liebe, um sich sofort danach, Müdigkeit vortäuschend, zu verabschieden und den Speisesaal wie von Dämonen gejagt zu verlassen.

Schlaflos wälzte Onnes sich auf seinem Lager hin und her. Er schalt sich selbst einen alten Narren, doch dieses schwarzhaarige, blauäugige zierliche Geschöpf wollte ihm einfach nicht aus dem Kopf gehen. Wieder und wieder sah er sie vor sich, auf dem Rücken des Pferds, wild wie die Kriegsgöttin Ischtar, dann im Speisesaal, verschämt zurückhaltend in jungfräulicher Züchtigkeit. Nein, auch wenn er ein alter Narr war, er würde sich dieses Mädchen nicht aus dem Kopf schlagen können. Etwas hatte ihn mitten ins Herz getroffen und eine Begehrlichkeit geweckt, die erst schweigen würde, wenn er sein Verlangen gestillt hatte. Er wollte dieses Mädchen besitzen, koste es, was es wolle. Gleich morgen würde er mit Simma darüber sprechen. Doch auch dieser Entschluss brachte ihm keine Ruhe. Was, wenn Simma ihm das Mädchen verweigerte. Sie war seine Tochter, er konnte sie ihm nicht einfach wegnehmen. Die wasserblauen Augen Semiramis′ verfolgten ihn bis zum Morgengrauen, bis er endlich zwei, drei Stunden Schlaf fand.

„Ich will nicht lange um die Sache herumreden, Simma. Deine Tochter geht mir nicht mehr aus dem Kopf. Ich möchte sie als Konkubine für meinen Harem. Ich zahle dir einen guten Preis für sie."

Erschrocken starrte Simma den Turtanu an. „Es tut mir leid, Herr. Aber meine Tochter ist keine Sklavin, die du kaufen kannst. Sie ist frei geboren. Als Konkubine werde ich sie niemals verkaufen. Dazu liebe ich sie zu sehr. Und auch Adia würde damit niemals einverstanden sein. Hab Dank für die Ehre, die dein Angebot unserem Haus erweist. Aber dein Ansinnen muss ich als Vater ablehnen."

„Überleg doch einmal, Simma. Deine Tochter hätte ein Leben im Luxus vor sich. Teure Kleider, Schmuck, ein eigenes Gemach und genügend Dienerinnen, all das sichere ich ihr zu. Ihr Leben wäre so ganz anders als das Leben als Ehefrau eines Gutsherrn oder gar Bauern, wo sie täglich harte Arbeit zu verrichten hätte und den Haushalt führen müsste. Für dieses Leben ist sie viel zu schade."

„Aber sie wäre eine ehrbare und freie Frau, keine eingesperrte Liebesdienerin, die auf das Erscheinen ihres Herrn warten muss und darüber hinaus nichts als Langeweile hätte. Dafür ist sie nicht geschaffen. Ich kenne meine Tochter genau. Sie arbeitet lieber täglich hart, als wie ein Vogel in einen Käfig gesperrt zu werden. Daran würde sie kaputt gehen."

„Denk in aller Ruhe darüber nach, Simma. Sprich mit deiner Gemahlin darüber. Und dann lass mich wissen, wie du dich entscheidest."

Adia schüttelte nur energisch den Kopf.

„Das kommt ja überhaupt nicht in Frage, Simma. Ich habe das Mädchen nicht großgezogen, um sie an den Harem eines alten Mannes zu verlieren. Schon bald hätte er sie vergessen, weil ihm wieder ein anderes junges Ding den Kopf verdreht hat. Und Semiramis würde langsam, aber sicher zugrunde gehen. Außerdem ist so ein Harem eine Schlangengrube, bestimmt von Neid und Missgunst. Ein unerfahrenes Mädchen wie sie kann sich da nicht behaupten. Willst du unserer Tochter das wirklich antun?"

„Nein, natürlich nicht. Und das weißt du auch ganz genau. Aber der Turtanu ist ein großer und mächtiger Mann. Ihm eine Bitte abzuschlagen, kann üble Folgen für uns haben."

„Ist es nicht genug, dass Assur meine Söhne gefressen hat? Muss er nun auch noch meine Tochter verschlingen?"

Simma lächelte grimmig. „Ich glaube nicht, dass Semiramis sich verschlingen lässt. Dazu weiß sie viel zu genau, was sie will."

„Im Frauenhaus des Turtanu wird ihr gar nichts anderes übrigbleiben, als sich zu beugen. Sie würde kaputt gehen."

„Was sollen wir denn sonst tun? Wir können unmöglich ablehnen. Das käme einer Beleidigung gleich."

„Aber wir können Zeit schinden", antwortete Adia entschlossen. „Und wir können verlangen, dass er sie zu einer seiner Ehefrauen macht. Das würde ihr immerhin einen gewissen Status sichern, der garantiert, dass sie nicht in der Menge seiner Frauen untergeht. Und Semiramis gegenüber erwähnen wir vorerst kein Wort. Erst wenn die Verhandlungen zu unseren Bedingungen abgeschlossen sind, erzählen wir ihr davon."

Seufzend nickte Simma. Es würde nicht leicht sein, den Turtanu davon zu überzeugen, dass er Semiramis nur als seine Ehefrau heimführen durfte und dazu noch eine Wartefrist gewähren sollte. Aber er würde sein Bestes versuchen.

Lange schaute Onnes Simma an. Er schwankte zwischen Ärger und Erstaunen. Wollte dieser unbedeutende Oberhirte des Königs ihm, dem zweiten Mann im Staate Assur, tatsächlich Bedingungen stellen? Das ging nun wohl gar nicht an.

„Bedenke Herr, sie ist das einzige Kind, welches uns geblieben ist. Vier Söhne haben wir Assur geopfert. Da ist es doch nur recht, wenn wir für unsere Tochter

Sicherheit fordern. Als deine Ehefrau wäre sie abgesichert. Und daran müssen wir denken, da du, Herr, verzeih, wenn ich das so offen sage, doch einiges älter bist als sie. Was soll aus Semiramis werden, wenn dir etwas zustößt. Als deine Ehefrau hätte sie Anspruch auf Versorgung. Als deine Konkubine wäre sie ein Nichts, das auf irgendeinem Sklavenmarkt verkauft werden würde, wenn sie nicht Mutter eines deiner Kinder werden sollte. Und sie ist noch so jung. Lass sie uns noch ein Jahr, und überlege dir danach, ob du sie noch immer begehrst oder ob dein Verlangen sich anderen Gespielinnen zugewandt hat und du schon lange nicht mehr an sie denkst. Ich bitte dich, Herr. In diesem einen Jahr hätten wir auch ausreichend Zeit, Semiramis auf das, was auf sie zukommen wird, vorzubereiten."

„Darauf verstehen sich die Eunuchen in meinem Harem aufs Beste. Sie kennen sich mit jeder Art von Mädchen aus und wissen, wie sie sie gefügig machen."

„Verzeih, Herr. Aber willst du Gefügigkeit oder aufrichtige Zuneigung und Respekt?"

Onnes seufzte. „Du hast recht, Simma. Semiramis ist kein Mädchen für eine Nacht. Ich willige in deine Bedingungen ein, da sie vernünftig sind. Ich bin in der Tat viel älter als das Mädchen und möchte ihr darum eine unsichere Zukunft ersparen. Ich werde sie zu meiner Nebenfrau machen, damit sie nach meinem Tod Sicherheit hat. Und ich werde sie dir noch ein Jahr überlassen, um sie auf das Kommende vorzubereiten. Lass bei einem Notar den Ehevertrag aufsetzen. Ich werde ihn unterschreiben bevor ich dein Gut verlasse. Denn solltest du daraufsetzen, dass ich sie vergessen würde, dann muss ich dich enttäuschen. Dieses Mädchen kann man nicht vergessen. Auf den Tag in einem Jahr werde ich dir einen meiner Getreuen schicken, um sie mit einer Eskorte abzuholen und nach Harran in mein Frauenhaus zu bringen. Sind wir uns einig?"

„Ja, Herr, das sind wir. Danke für die Gnade und große Ehre, die du unserem Haus erweist."

„Was soll ich?" Semiramis glaubte, ihren Ohren nicht zu trauen. „Das ist doch nicht euer Ernst? Dieser Mann ist alt, uralt. Unmöglich kann ich dessen Frau werden."

„Du kannst nicht nur, du musst sogar, Semiramis. Es war uns unmöglich, den Turtanu zurückzuweisen, auch wenn wir dies gern getan hätten. Immerhin konnte dein Vater Onnes davon überzeugen, dich zu seiner Frau zu nehmen, um dich nach seinem Tod abgesichert zu wissen. Er hat schließlich allem zugestimmt, um dich zu bekommen. Nun ist es an dir, ihm eine gute Frau zu werden. Er ist vernarrt in dich, sonst hätte er sich niemals dazu überreden lassen, dich zu ehelichen. Sieh auch einmal die positiven Seiten für deine Zukunft. Du wirst niemals Not leiden. Du wirst in der Hauptstadt

Syriens leben, in Harran, und vielleicht sogar einmal nach Kalchu, der Hauptstadt Assurs mitgenommen werden. Vielleicht wirst du aus der Ferne den König sehen. Du wirst kostbare Kleider und wertvollen Schmuck bekommen. Was kann sich ein Mädchen wie du noch mehr wünschen?"

„Liebe, Mutter, Liebe und Leidenschaft. Was soll ich mit so einem alten Mann im Bett anfangen. Das kann ich nicht."

„Du wirst können müssen, Semiramis. Es gibt weitaus schlimmere Schicksale. Onnes ist ein kultivierter, kluger Mann und ein erfahrener Krieger des Königs. Für dich ist dies ein großer gesellschaftlicher Aufstieg, auf den wir nie zu hoffen gewagt hätten. Danke den Göttern dafür und füge dich."

„Den Göttern soll ich danken?" Tränen traten in Semiramis' Augen. „Niemals. Einsperren wird er mich in seinen Harem mit lauter anderen, geistlosen Frauen, die nichts anderes im Kopf haben, als sich schön zu machen für ihren Herrn. Nein, Mutter, dafür kann ich niemandem danken."

„Hör mir zu, Semiramis. Es liegt immer an der Frau, wie ihr Schicksal ist. Schenk ihm Glück, mach ihn dir gewogen, und du wirst alles von ihm bekommen können, was du dir wünscht. Widersetze dich ihm, und dein Leben wird grau und trostlos sein. Du selbst hast den Schlüssel zu deinem Glück in der Hand. Bedenke das bei allem, was du tust, denn du wirst nicht die Einzige sein, die um seine Gunst kämpft. Im Gegenteil. Hüte dich vor den anderen Frauen, denn wenn er dich bevorzugt, wirst du deren Neid und Missgunst zu spüren bekommen. Denk über meine Worte in Ruhe nach. Und vergiss nicht, es wird noch ein gutes Jahr ins Land gehen, bevor du von uns Abschied nehmen musst. Bis dahin kann noch viel geschehen."

3.

Semiramis hoffte, hoffte auf ein Ereignis, das ihr Schicksal ändern würde. Doch nichts dergleichen geschah. Und so traf eines Tages ein Bote Onnes ein, der eine Gesandtschaft des Turtanu ankündigte. Diese kam, um Semiramis nach Harran, der Hauptstadt des Gouverneurs von Syrien, der Onnes war, abzuholen.

Schon zwei Tage später traf die Gesandtschaft im Haus Simmas ein. Ihr Anführer war Prinz Aras, ein Sohn des Vasallenkönigs Belda von Byblos.

„Sei uns willkommen, Prinz Aras", begrüßte Simma den Gesandten Onnes freundlich. „Es ist uns eine Ehre, dich in unserem Haus begrüßen zu dürfen. Tritt ein. Ein Diener wird dir deine Gemächer zeigen, in denen du dich vor dem bescheidenen Abendmahl, das wir dir zu Ehren geben werden, abholen wird."

„Auch ich freue mich, im Auftrag Onnes bei euch verweilen zu dürfen, zumal der Anlass hierzu ein freudiger ist und nicht, wie so oft, vom Schatten des Kriegs überstrahlt wird. Wir möchten deine Gastfreundschaft auch gar nicht allzu lange in Anspruch nehmen. Übermorgen habe ich vor wieder abzureisen, Richtung Byblos, meiner Heimat, und dann weiter bis Harran, der Provinzhauptstadt Syriens, wo ich Onnes seine Braut übergeben werde."

„So schnell schon", flüsterte Adia betroffen, während sie den jungen, blonden Mann, der als Gesandter Onnes erschienen war, nachdenklich musterte.

„Warum hat man ausgerechnet dich für diese Aufgabe ausersehen?", wagte sie schließlich zu fragen.

Ein Lächeln zeichnete sich auf Aras´ Gesichtszügen ab. „Wahrscheinlich, weil mich mein Weg ohnehin nach Harran geführt hätte. Auf dem Rückweg werden wir über Byblos reisen, um Zedern, Weizen und Vieh nach Harran als jährlichen Tribut zu bringen."

„Von Byblos bis nach Askalon ist es ein weiter Weg. Hat Onnes dich eigens dafür hier heruntergeschickt, um Semiramis zu holen?"

„Nein, nein, Simma. Wir hatten in Aschdod etwas für den Turtanu zu erledigen gehabt. Von dort bis hier zu euch war es dann nur ein Katzensprung."

„Dann tretet näher. Zida, bring unseren Gästen Wasser und ein Handtuch für die Hände, und dann hol zur Erfrischung Bier, damit unsere Gäste ihre Kehlen befeuchten können. Der lange Ritt wird sie durstig gemacht haben."

Gehorsam eilte die Dienerin davon, um kurze Zeit später mit dem Gewünschten zu erscheinen.

„Wie kommt es, dass du blond und blauäugig bist?", fragte Simma, während sie genüsslich Bier tranken.

„Meine Mutter stammt von den griechischen Inseln. Da sind die Menschen blond. Das habe ich wohl von ihr geerbt. Auch mein Bruder hat blonde Haare, aber ein um einiges dunkleres blond als ich."

„Du bist noch sehr jung, um so viel Verantwortung auf deinen Schultern zu tragen. Mir scheint, der Turtanu hält viel von dir und vertraut dir?", wollte Simma wissen.

„Ich lebe seit langer Zeit am Hof von Harran als Geisel, als Pfand dafür, dass Byblos seinen jährlichen Tributzahlungen regelmäßig nachkommt. Doch inzwischen weiß der Turtanu, dass er sich auf seinen Vasallen verlassen kann, und er vertraut mir wohl darum wichtige Aufgaben an. Darf ich die Braut sehen? Ich habe ihr von meinem Herr ein Geschenk mitgebracht, welches seine Wertschätzung für seine künftige Frau ausdrücken soll."

„Ich denke, dies wäre im Augenblick nicht besonders günstig. Unsere Tochter ist auf ein Zusammentreffen mit dir im Augenblick nicht vorbereitet. Verschieben wir das auf heute Abend."

„Natürlich", antwortete Prinz Aras und wandte sich ab, um der Dienerin in die vorbereiteten Gemächer zu folgen. Fast wäre er dabei in Semiramis hineingelaufen, die in das Haus gestürmt kam, in einem einfachen Leinenkittel, barfuß, das Haar wild zerzaust und im Gesicht schwarze Rußflecken. Simma und Adia wären am liebsten im Boden versunken vor Scham.

Simma war der Erste, der die Fassung wiederfand.

„Das ist unsere Tochter Semiramis. Und das ist Prinz Aras, der dich nach Harran begleiten wird. Du gehst jetzt wohl besser und richtest dich für das Abendessen her."

Aras und Semiramis starrten sich einen Augenblick verwundert an, Aras, weil er noch nie ein derart natürliches Mädchen von solch animalischer Wildheit und Schönheit gesehen hatte, die keine raffinierten Kleider brauchte, um auf Männer zu wirken. Er hatte sich dieses Mädchen so ganz anders vorgestellt, scheu und zurückhaltend, vielleicht sogar ängstlich. Doch in den Augen von Semiramis waren nur Trotz und Auflehnung zu finden. Auch Semiramis starrte den fremden Prinzen entgeistert an. Noch nie hatte sie einen schöneren Mann gesehen. Alles war da, wo es hingehörte. Und dann dieses blonde Haar und diese hellblauen Augen, die sie spöttisch anlächelten. Wieder verfluchte sie heimlich ihr Schicksal, das sie an einen alten Mann fesseln sollte. Warum konnte der Prinz nicht ihr Bräutigam sein? Er würde ihr gefallen, nicht aber dieser alte Gouverneur in Harran.

Ohne ein Wort zu verlieren, wandte Semiramis sich ab, um sich in der Zimmerflucht zu verlieren.

„Verzeih, Prinz Aras. Aber es ist nicht leicht, ein Mädchen wie sie in Zaum zu halten. Sie ist es gewohnt, ihre Freiheit zu haben. Hier haben wir als Eltern wohl zu einem gewissen Teil versagt. Es wird sehr schwer für sie werden, sich in die Organisation eines Harems einzufügen. Ich bitte dich um etwas Nachsehen mit ihr."

Aras seufzte. Er verstand nur zu gut, was Simma meinte. Und auch die Andeutungen Onnes begann er nun plötzlich zu verstehen. Darum also sollte er sie behutsam zur Ordnung anhalten. Welche Aufgabe. Der Weg nach Harran würde auch so schon lang und beschwerlich werden. Nun auch noch das, ein Mädchen, das sich um keine Konventionen scherte.

Zum Abendmahl erschien Semiramis sauber in ein einfaches, weißes Leinengewand gekleidet, das schwarze Haar ordentlich geflochten und hochgesteckt. Aras konnte nicht umhin, sich einzugestehen, dass sie außergewöhnlich schön war, eine Frau, mehr noch ein

Mädchen, das einen Mann um den Verstand bringen konnte. Was das betraf, verstand er den Turtanu plötzlich, und auch seinen Auftrag, das Mädchen unter allen Umständen sicher nach Harran zu bringen.

„Herrin Semiramis, mein Herr lässt dir dieses Geschenk durch mich überbringen mit der Bitte, dass du es annehmen möchtest."

Lächelnd reichte er ihr ein Kästchen, welches Semiramis eher unwirsch in Empfang nahm. Da man von ihr erwartete, dass sie es öffnete, tat sie es. Ein Halsschmuck mit funkelnden Saphiren lag darin, gewiss ein Vermögen wert.

„Mein Herr bat mich, dir zu sagen, dass er, als er diesen Schmuck sah, sofort an deine blauen Augen dachte und wusste, dass er dir gehören muss."

Adia verschlug es beim Anblick der Juwelen fast die Sprache. Der Schmuck musste ein Vermögen gekostet haben.

„Außerdem sendet Onnes dir eine Dienerin mit Namen Zallu. Sie soll auf der Reise für deine Bequemlichkeit sorgen."

Aras winkte mit der Hand, und ein Mädchen, ungefähr im gleichen Alter wie Semiramis, trat ein. Schüchtern trat sie näher und kniete vor Semiramis nieder. Unsicherheit und Angst standen in ihren großen schwarzen Augen geschrieben, als sie vor Semiramis niederkniete und diese anblickte. „Sie hat der Herr auf seinem Feldzug ins Land Elam erbeutet. Sie ist noch schüchtern und unsicher. Wenn du sie gut erziehst, wird sie dir gewiss bald eine große Hilfe sein."

Aras winkte mit der Hand, und das Mädchen zog sich rückwärts wieder aus dem Saal zurück.

„Wieso hat sie so viel Angst?", begehrte Semiramis zu wissen.

„Sie hat mit angesehen, wie ihre Mutter von assyrischen Soldaten vergewaltigt und ermordet wurde, und ihr Vater und Bruder von Onnes bei lebendigem Leib gehäutet wurden, die übliche Strafe für Verräter und Aufständische. Aber sie wird gewiss darüber hinwegkommen."

Angewidert schloss Semiramis für einen Augenblick die Augen. Wie sollte ein Mädchen, das derlei erlebt hatte, ihr jemals aufrichtig dienen können?

„Ich habe schon oft gehört, dass wir, die Assyrer, ein sehr grausames Volk sind. Was du mir erzählst, bestätigt dies."

„Es ist ihre Art, die Herrschaft auszuüben", antwortete Aras vorsichtig. „Wer sich ihnen nicht freiwillig unterwirft, der darf auf keine Gnade hoffen. Dieses Wissen allein reicht oft, ganze Völker zu unterjochen. Die, die trotzdem den Mut finden, sich gegen Assur zu stellen, wissen, worauf sie sich einlassen. Sie dürfen auf keine Gnade hoffen."

Semiramis schwieg. Doch innerlich schüttelte sie Ekel. Und einem solchen Mann, der solche Befehle erteilte, sollte sie angehören. Wenn sie gekonnt hätte, sie wäre auf der Stelle aufgesprungen und davongelaufen. Doch das durfte sie ihren Eltern nicht antun. Sie würden ganz ohne Zweifel ihr Gesicht verlieren. Also blieb sie ruhig sitzen bis zum Ende des Abends, stocherte lustlos in ihrem Essen herum und beobachtete aus dem Augenwinkel Aras, der mit ihren Eltern Konversation betrieb, während ein Gang nach dem nächsten aufgetischt wurde. Er sah gut aus, dieser fremde Prinz, dessen Lächeln ihr in die Magengrube fuhr. Warum konnte sie nicht ihn heiraten, warum musste es dieser alte, grausame Mann aus Harran sein, der Stellvertreter eines Königs, der allein seinem blutrünstigen Gott Assur diente? Das fragte sie sich immer wieder.

Als sie müde ihr Zimmer betrat, lustlos die blauen Saphire auf ihr Bett warf und sich insgeheim wünschte, ihrem Schicksal entfliehen zu können, entdeckte sie, in der Ecke hockend, jene Sklavin, die ihr heute ebenfalls zum Geschenk gemacht worden war.

„Verstehst du mich? Kannst du unsere Sprache?"

Das Mädchen nickte unsicher, sagte jedoch kein Wort.

„Sicher bist du genauso unglücklich wie ich. Verschachert wie ein Stück Vieh. Am liebsten würde ich noch heute Nacht ganz weit mit dir weglaufen. Aber sie würden uns finden, und dann wäre vielleicht alles noch viel schlimmer."

Leise klopfte es an der Tür, und kurz darauf trat Adia ein.

„Schläfst du schon, mein Kind?", fragte sie leise.

Als sie Semiramis auf dem Bett sitzen sah, trat sie näher, strich der Tochter zärtlich übers Haar und setzte sich dann neben sie aufs Bett.

„Ich muss mit dir reden, Semiramis. Wenn ich es heute nicht tu, dann werden wir vielleicht nie wieder Gelegenheit dazu bekommen. Wenn du übermorgen abreist, dann werden wir uns wahrscheinlich niemals mehr wiedersehen."

„Ich will aber nicht gehen, Mutter. Lässt sich denn daran gar nichts ändern. Warum muss ausgerechnet ich einen so alten Mann wie den Turtanu heiraten, wo es doch so viele schöne, junge, kraftvolle Männer gibt?"

Adia seufzte. „Weil der Turtanu dich gesehen und sich in dich verliebt hat. Er ließ es sich nicht ausreden. Dein Vater hat sein Bestes versucht. Aber die Reichen und Mächtigen auf dieser Welt bekommen immer, was sie begehren. Das ist nun einmal so. Doch glaube mir, es gibt schlimmere Schicksale als das deine. Dir wird es gut gehen. Dir wird es an nichts mangeln. Sieh dir dieses arme Mädchen da an. Ihr geht es wesentlich schlechter als dir. Sie hat mitangesehen, wie ihre ganze Familie abgeschlachtet wurde. Dann hat man ihr, wie Aras uns erzählte, die Zunge herausgeschnitten, was oft mit Sklaven geschieht, damit sie die Geheimnisse ihrer Herren nicht herausplaudern können."

„Was?", fragte Semiramis entsetzt. „Und mit diesen Barbaren soll ich leben?"

„Ach, Semiramis", stieß Adia traurig hervor. „Du sprichst von dem Volk, das mein Volk ist, von dem Gott, für den meine Söhne ihr Leben ließen."

„Nun, es ist doch auch mein Volk. Aber ich mag die Art nicht, wie es herrscht."

„Das verstehe ich, mein Kind. Die Assyrer sind in der ganzen Welt verschrien wegen ihrer Grausamkeit. Wer sich nicht freiwillig unterwirft, der kann auf keine Gnade hoffen. So regieren sie die Welt schon seit Generationen. Und das hat sie groß gemacht. Terror und Tod. Städte, deren ganze Bevölkerung vernichtet wird, Kinder und Frauen, die bei lebendigem Leib verbrannt werden, Männer, die gekreuzigt, gehäutet oder gepfählt werden, bestenfalls geblendet, die Nase oder Ohren abgeschnitten bekommen oder die Hand oder ein Bein abgehackt. Ganze Landstriche, deren Bevölkerung willkürlich deportiert wird. All dies geschieht in Assurs Namen täglich. All die Berichte darüber sind selbst mir als Assyrerin zuweilen zufiel.

Wie müssen sie da erst auf dich wirken, da du keine Assyrerin bist."

„Was?" Entsetzt blickte Semiramis ihre Mutter an.

„Ja", antwortete Adia. „Eigentlich wollten Simma und ich es dir nie erzählen. Aber da du nun fortgehst und wir dich niemals mehr wiedersehen werden, habe ich mich schweren Herzens dazu durchgerungen, dir die Wahrheit zu sagen. Wir haben dich an Kindes statt angenommen. Eriba hat deine Mutter am Neujahrsfest in den Wehen liegend in einem Hain unweit des Tempels der Göttin Derketo gefunden. Er brachte sie in den Ischtartempel, aber sie hat die Geburt nicht überlebt. Darum hat er dich mit zu uns aufs Gut gebracht, und ich habe mich auf den ersten Blick in dich verliebt. Ich hatte gerade meinen vierten Sohn an Assur verloren. Ein Mädchen, habe ich damals gedacht, etwas, das Assur nicht fordern kann. Wie sehr ich mich geirrt habe, das habe ich in dem letzten Jahr erfahren, seit ich weiß, dass auch du fortgehst. Doch das ist nicht der Grund, warum ich dir deine Geschichte heute erzähle. Simma hat damals Nachforschungen in der Stadt anstellen lassen, da wir schließlich wissen wollten, wen wir in unsere Familie aufnehmen. So viel konnten wir in Erfahrung bringen. Deine Mutter war Priesterin der Derketo, die ihr Keuschheitsgelübde gebrochen hat. Du bist die Frucht dieses Frevels. Ich befürchte, dies ist der Grund deiner merkwürdigen Träume. Derketo hat dich offensichtlich verflucht, doch andere Götter müssen dir zur Seite stehen und dich vor dem Fluch Derketos beschützen. Anders kann es nicht sein, sonst hätte Derketos Fluch dich schon längst vernichtet. Dies wollte ich dir sagen, bevor du gehst. Es wird dir helfen, deine Träume besser zu verstehen, und jene Götter um Hilfe zu bitten, die dir wohlgesonnen sind. Du bist etwas ganz Besonderes, Semiramis, und ich glaube, dass die Götter noch Großes mit dir vorhaben. Folge deinem Stern, mein Kind, dann wird dir nichts geschehen."

Fassungslos starrte Semiramis ihre Mutter an. Tränen rannen über ihre Wangen. Nun verlor sie mit einem Schlag nicht nur ihre Heimat, sondern auch ihre Eltern. Hilflos und allein fühlte sie sich ihrem Schicksal ausgeliefert.

In den frühen Morgenstunden des darauffolgenden Tages setzte sich der kleine Zug Richtung Norden in Bewegung. Wie Prinz Aras ihr erklärt hatte, wollten sie bis Byblos dem Meer folgen, dort die jährliche Tributzahlung des Königs von Byblos aufnehmen und mit größerem Begleitschutz dann weiter nordöstlich nach Harran ziehen.

Der Abschied von ihren Eltern fiel Semiramis schwer, auch wenn inzwischen die widersprüchlichsten Gefühle diesen Eltern gegenüber in ihr stritten. Ganz offensichtlich war sie keine Assyrerin, wie sie immer geglaubt hatte, sondern eine Syrerin, auch wenn sie Adia hatte versprechen müssen, dieses Geheimnis zu bewahren und bei den Assyrer weiterhin als eine von ihnen zu gelten.

In dem mit Kissen ausgelegten Wagen, in dem Semiramis reiste, wurde ihr schon bald langweilig. Zwar war der Anblick des Meers und die frische Seeluft erquickend, doch ihr fehlte ein Gesprächspartner, mit dem sie die unterschiedlichsten Eindrücke austauschen konnte. Die ihr gegenübersitzende Zulla tat zwar alles, um Semiramis die Reise so angenehm wie möglich zu machen, doch sprechen konnte sie mit dem Mädchen nicht. Was immer sie ihr erzählte, sie erhielt keine Antwort. Prinz Aras und seine Männer hielten sich von ihr fern, als ob sie ein Feuer wäre, an dem man sich verbrennen könnte. Semiramis ahnte, dass der Arm Onnes sie schon jetzt von ihren Mitmenschen zu isolieren begann. Eines Abends, in ihrem Zelt, hielt sie die Einsamkeit nicht länger aus. Zielstrebig ging sie zu dem Zelt des Prinzen hinüber. Verwundert über die Störung blickten die Männer vom Lagerfeuer zu ihr auf.

„Herrin, kann ich dir helfen?", fragte Aras leicht beunruhigt.

„Ja," antwortete sie energisch. „Ich brauche Bewegung. Den Tag über sitze ich im Wagen, abends allein in meinem Zelt. Ich möchte ausreiten, Prinz."

„Das ist unmöglich. Ich bin für deine Sicherheit verantwortlich. Was glaubst du, was passieren würde, wenn dir etwas zustieße. Nicht nur unser aller Leben wäre verwirkt, auch meine Stadt und deren Menschen würden der assyrischen Zerstörungswut anheimfallen."

„Was soll mir denn bei einem Ausritt passieren? Ich kann reiten, besser wahrscheinlich als so mancher andere hier. Also, was ist? Begleitest du mich, oder soll ich allein reiten?"

„Es tut mir leid, Herrin. Aber mit dir allein auszureiten, verstieße gegen Anstand und Sitte. Dich müssen immer eine Dienerin oder ein Eunuch begleiten."

„Dann nehmen wir Zulla mit. So dürfte doch wohl gegen einen Ausritt nichts mehr sprechen."

„Ich bezweifle, dass Zulla reiten kann."

„Dann setz sie eben mit auf dein Pferd. Ich muss jedenfalls fort, raus hier, sonst werde ich wahnsinnig."

„Also gut", gab Aras sich geschlagen. „Reiten wir zum Strand hinunter. Dort kannst du mit deiner Dienerin ein wenig spazieren gehen. Und dann reiten wir zurück."

„So machen wir das."

Wenige Minuten später saß Semiramis auf ihrem Pferd und sprengte davon, während die verängstigte Zulla sich an Aras festklammerte und damit verhinderte, dass der Prinz mit Semiramis Schritt halten konnte. Außer Atem erwartete Semiramis die beiden am Strand.

„Bei allen Göttern Assyriens. Du reitest wie ein Dämon. Aber du hättest warten sollen. Ich bin für dich verantwortlich. Dir darf nichts passieren, noch darf dein Ruf bis Harran leiden. Beides würde der Turtanu mir niemals verzeihen."

„Wie soll mein Ruf Schaden nehmen, wenn ich ausreite?" Unwillig schüttelte Semiramis den Kopf.

„Vielleicht verstehst du unsere Sitten und Bräuche in den höheren Kreisen noch nicht. Aber eine ehrbare Frau darf niemals mit einem ihr fremden Mann allein und ungestört sein. Das allein gebe Anlass für Tratsch und Spekulationen. Ich kann es mir in meiner Situation nicht leisten, in so etwas hineingezogen zu werden. Ich bin eine Geisel des Turtanu und hoffe sehr, bald freizukommen, um nach Hause gehen zu können. Doch dies wird gewiss nicht der Fall sein, sollte an deiner Ehrbarkeit bei unserer Ankunft in Harran ein Zweifel haften. Du bist eine überaus schöne Frau, Semiramis. Da ist die Versuchung groß. Und selbst wenn nichts geschehen würde, wären die Gerüchte schon ausreichend, um dich und mich zu vernichten. Verstehst du das?"

„Du findest mich schön?" Semiramis lächelte herausfordernd.

„Ja", antwortete Aras, „und darum muss ich mich von dir fernhalten. Du erscheinst mir wie ein Feuer, erst einmal entzündet, kann man es nicht mehr löschen."

„So, so! Nun, wir sind ja nicht allein. Zulla ist da, um über meine Ehrbarkeit zu wachen. Lass uns ein wenig am Strand entlanglaufen und erzähle mir von Harran und was mich dort erwartet. Nach Tagen des Schweigens brauche ich endlich einen Menschen, mit dem ich reden kann. Zulla ist zwar ein liebes Mädchen, aber sie spricht nicht mit mir. Ich fühle mich einfach einsam und verlassen."

„Ich verspreche dir, ich werde dir in Byblos eine weitere Dienerin besorgen, mit der du dich unterhalten kannst. Doch bis dahin, Herrin, bitte ich dich, halte dich von mir fern."

„Ich verspreche es dir, wenn du mir jetzt von Harran erzählst. Was muss ich wissen? Worauf muss ich achten?"

„Nun, du wirst im Frauenhaus leben, umsorgt von Dienerinnen und Eunuchen, die dir jeden Wunsch erfüllen, solange du den Herrn glücklich machst. Nur vor Naja, der ersten Gemahlin des Herrn, solltest du dich in Acht nehmen. Sie wacht eifersüchtig über ihren Status und den ihres Sohns. Mehr kann ich dir nicht sagen. Du scheinst ein kluges Mädchen zu sein. Du wirst schon bald merken, wer deine Freunde und wer deine Feinde dort sind. Und gerade weil du nicht nur Freunde haben wirst, sollte dein Ruf jetzt keinen Schaden nehmen."

Semiramis nickte, mit dem Gefühl im Bauch, schon bald in eine Schlangengrube geworfen zu werden.

„Du gefällst mir übrigens auch, Prinz Aras, und ehrlich gesagt würde ich dich viel lieber heiraten als diesen alten Mann."

„Das, Herrin, solltest du nicht einmal denken. Und außerdem sagt eine vornehme Dame einem Mann solche Dinge nicht. Sie lässt ihn um sich werben, ohne ihm allzu schnell zu verstehen zu geben, ob sie ihn erhören wird."

„Was ist denn das für ein dummes, Zeit verschwendendes Spiel?"

Unwillig schüttelte Semiramis den Kopf.

Aras lachte. „Das nennen sie in Harran gutes, damenhaftes Benehmen. Aber ich befürchte, Herrin, dafür bist du nicht geboren. Dennoch solltest du schnellstens lernen, dein Herz nicht auf der Zunge zu tragen. Glaube mir, das ist wesentlich gesünder."

Semiramis nickte. „Danke für deinen Rat, und danke für den Ausritt. Wir sollten zurückkehren."

„Ja, das sollten wir wohl. Aber bitte diesmal gemeinsam, damit niemand behaupten kann, ich hätte dich nicht beschützt."

„Ja, ja", lächelte Semiramis. „Ich glaube, ich verstehe. Der Schein muss unter allen Umständen gewahrt bleiben."

Tage später erreichten sie Byblos, jene große Hafenstadt, die hauptsächlich vom Zedernhandel lebte und Umschlagplatz für Waren aus aller Welt war. Die hinter der Stadtgrenze sich ins Gebirge hinein ersteckenden Zedernwälder hatten die Stadt reich gemacht. Nur durch eine Anerkennung der assyrischen Vorherrschaft und jährlichen Tributzahlungen hatte sie sich vor einer Einverleibung in den assyrischen Staat retten können.

Gemeinsam mit Zulla und einer neuen Dienerin aus dem Palast, die König Belda ihr zur Verfügung gestellt hatte, schlenderte Semiramis über den Markt der Stadt. Interessiert blieb sie an einigen Ständen stehen und betrachtete das Angebot der Händler. Hier gab es wirklich alles zu kaufen, sämtliche Sorten Obst und Gemüse, frischen Fisch, Fleisch, Getreide. Es blieben keine Wünsche offen. Als sie sich schließlich erschöpft auf eine Kaimauer setzte, um ein wenig auszuruhen und den Blick auf das Meer zu richten, erfüllten sie die widersprüchlichsten Gedanken. Derketo, die Fischgöttin, kam ihr in den Sinn. Noch immer schlich sie zuweilen nachts durch ihre Träume. Doch diese Träume hatten im Augenblick ihre Bedrohlichkeit verloren. Semiramis ahnte, dass die Göttin ein Opfer forderte für den Frevel, den ihre Mutter begangen haben mochte. Doch sie war nicht bereit, ihr dieses Opfer zu bringen. Sollte sie durch ihre Träume schwimmen so viel sie wollte. Da sie die Gefahr erkannt zu haben glaubte, fühlte sie sich sicher.

Mit der herannahenden Mittagshitze beschloss Semiramis sich auf den Rückweg zum Palast zu machen. Es war ein schöner Palast, den König Belda bewohnte. Noch nie zuvor hatte sie in einem solchen Haus gelebt. Die unendliche Flucht von Zimmer, Gängen und Sälen verwirrte sie immer wieder aufs Neue. Umso mehr hatte es sie erstaunt, dass der Palast in Harran noch viel umfangreicher und weitläufiger sein sollte.

Nachdem sie ihre Gemächer erreicht und eine Erfrischung zu sich genommen hatte, beschloss sie, im Schatten eines Baums im Garten den kühleren Nachmittag abzuwarten. Bald sah sie König Belda und Aras sich unweit von ihr in einer Laube niederlassend. Sie hatten wohl den gleichen Gedanken wie sie gehabt und sie offensichtlich nicht bemerkt, und so verhielt Semiramis sich ruhig, um die beiden nicht durch ihre Anwesenheit zu stören.

„Junge, du musst auf Onnes einwirken. Ich brauche dich hier. Ich bin ein alter Mann. Meine Tage sind gezählt. Wenn meine Stunde kommt, dann muss mein Nachfolger zur Stelle sein."

„Was soll ich machen, Vater? Immer wieder verspricht er mir, mich, sobald ich seinen nächsten Auftrag erledigt habe, gehen zu lassen. Und wieder folgt noch ein Auftrag. Manchmal habe ich das Gefühl, dass er mich absichtlich hinhält. Aber warum? Er weiß, dass Byblos treu zum Bündnis steht. Die Tributzahlungen, die ich nach Harran mitnehme, sind mehr als großzügig. Ich bin gespannt, ob er danach sein Versprechen einlöst."

„Zeit wäre es. Du gehörst hierher. Du solltest schon lange eine Familie gründen und für den Fortbestand unseres Hauses sorgen können. Ich habe diesbezüglich bereits meine Hände ausgestreckt und einige mögliche Gemahlinnen für dich gefunden. Doch daran können wir erst wirklich denken, wenn du wieder zu Hause bist."

„Hoffentlich keinen solchen Wildfang wie das Mädchen, das ich ihm bringen soll. Er scheint mir ganz vernarrt in die Kleine. Wie sonst hätte er sich überreden lassen können, sie zu seiner zweiten Gemahlin zu machen. Was glaubst du, wie Naja wüten wird. Ich gebe der Kleinen kein halbes Jahr."

„Na, na! Unterschätze die Kleine nicht. Sie hat ein Feuer in sich, das ich selten bei einem Mädchen gesehen habe. Sie umgibt eine ganz besondere Aura, und sie unterwirft sich keinen Konventionen. Ich wäre mir nicht sicher, ob Naja gegen sie nicht die Kürzere ziehen wird."

„Naja hält alle Fäden des Harems in ihrer Hand. Niemand hat eine Chance gegen sie. Du weißt, wie viele ungeklärte Todesfälle, Unfälle, Totgeburten und Hinrichtungen wegen angeblicher Liebhaber es im Harem gab. Und wir alle kennen den Verursacher dieser Todesfälle. Wie soll sich ein so unerfahrenes Mädchen gegen die erste Frau Onnes zur Wehr setzen. Nein, sie wird untergehen wie die anderen vor ihr."

„Das wäre wirklich schade um sie. Dieses Mädchen hat etwas Besonderes an sich. In ihr vereinigen sich auf seltsame Art die Hitze des Feuers und die Kühle des Wassers. Wenn ich sie anschaue, in dieses dunkle Blau ihrer Augen blicke, dann überkommt mich ein ganz merkwürdiges Gefühl. Ich kann den Turtanu gut verstehen."

„Ja, und darum gehe ich ihr auch so gut wie möglich aus dem Weg. Ich möchte in keine Intrige Najas hineingezogen werden. Es reicht schon, dass ich ihr am Ende der Reise Bericht zu erstatten habe. Sie will jedes Detail über das Mädchen wissen. Glaube mir, sie plant nichts Gutes. Schon darum will ich lieber nichts wissen. Aber es fällt mir nicht leicht, Semiramis gegenüber Gleichgültigkeit vorzutäuschen. Sie hat eine so erfrischende Art, Dinge beim Namen zu nennen."

„Du tust auf jeden Fall gut daran, ihr aus dem Weg zu gehen. Dem Turtanu kommt man besser nicht in die Quere. Und Naja schon gar nicht. Lass uns zurück ins Haus gehen und eine Erfrischung zu uns nehmen. Der Tag ist überaus heiß."

Nachdenklich blieb Semiramis zurück. Sie war froh, dass die beiden Männer sie beim Fortgehen nicht entdeckt hatten. Die Worte noch einmal an sich vorbeiziehen lassend, wurde ihr allmählich klar, in welche Falle man sie schicken wollte. Sowohl König Belda als auch Aras wussten ganz genau, dass sie in Harran über kurz oder lang der Tod erwartete. Doch keiner von ihnen hielt es für nötig, sie zu warnen. Inständig begann Semiramis zu Ischtar, der Göttin des Kriegs, zu beten. Wenn sie tatsächlich in deren Tempel geboren worden war, vielleicht war sie es dann auch, die sie beschützte.

Zurück in ihren Gemächern ließ sie Zulla zu sich rufen. Sie musste mehr über den Hof in Harran in Erfahrung bringen. Doch sich mit einem Mädchen, das nicht sprechen konnte, zu verständigen, erschien ihr fast unmöglich.

„Setz dich, Zulla. Ich möchte wissen, wem du vor mir gedient hast. Warst du in Harran im Harem des Turtanu tätig?"

Die Dienerin nickte.

„Naja, kennst du die?", forschte Semiramis weiter.

Wieder nickte Zulla, machte aber gleichzeitig das Abwehrzeichen gegen böse Geister. Dann versuchte sie Semiramis mit Gesten verständlich zu machen, dass diese ihr die Zunge hatte herausschneiden lassen.

„Sollst du mich für sie beobachten? Ist das dein Auftrag?"

Das Mädchen nickte erneut, gab aber gleichzeitig durch Gesten zu verstehen, dass sie dies nicht tun würde.

„Und Prinz Aras, weiß der davon?"

Abermals erhielt sie ein Nicken als Antwort.

Schwer seufzend ließ Semiramis sich in ihren Sessel zurücksinken. Wenn das ihre Eltern wüssten. Aber woher sollten diese so viel Hinterhältigkeit kennen? Sie waren einfache Grundbesitzer, denen Verschlagenheit völlig fremd war. Ein Zurück gab es für Semiramis jetzt sowieso nicht mehr. Also war es besser, sie würden nie von diesen Begebenheiten erfahren.

Semiramis standen Tränen in den Augen. Tröstend legte Zulla den Arm um sie. Ihre Hand drückte die ihrer Herrin, fest und auffordernd.

„Du wirst mir helfen?", fragte Semiramis zögernd.

Zulla nickte fest entschlossen. Das würde ihre Rache an Naja sein.

Während des Abendessens war Semiramis mehr als nur schweigsam. In sich gekehrt saß sie da, stocherte lustlos in ihrem Essen herum und hoffte auf ein baldiges Ende dieses Abends.

„Hast du etwas?", fragte Aras schließlich, der die Wortlosigkeit Semiramis´ aufgefallen war.

„Nein, was sollte ich haben?", antwortete sie gleichmütig. „Offensichtlich ist es immer das gleiche. Man sieht eine schöne Fassade, hinter der alles verrottet und verkommen ist."

„Wie meinst du das?", fragte Aras verwirrt.

„Denk darüber nach. Und jetzt entschuldige mich. Ich bin müde und werde zu Bett gehen."

Während Semiramis gemächlich den Raum verließ, starrte Aras ihr verwirrt nach. Konnte es sein, dass sie etwas von der Gefahr, in der sie schwebte, ahnte. Aber das war unmöglich. Wer hätte ihr etwas erzählen sollen.

Schon am übernächsten Morgen zog die Gesandtschaft, die inzwischen zu einer kleinen Karawane herangewachsen war, weiter nach Nordosten, Richtung Harran.

Während Semiramis sich auf dem ersten Teil des Wegs oft hatte sehen lassen, aus dem Wagen die Landschaft betrachtet hatte, blieben die Vorhänge nun während der Fahrt verschlossen. Sie interessierten weder die sagenumwobenen Zedernwälder des Libanons noch die steilen Gebirgspässe oder kühlen Bergbäche. Abends zog sie sich sofort in ihr Zelt zurück, wobei sie nur Zulla in ihrer Nähe duldete. Aras Dienerin hatte sie fortgeschickt mit den Worten: „Ich benötige deine Dienste nicht. Geh und diene deinem Herrn."

Aras war verwirrt. Er verstand nicht, was Semiramis so plötzlich verändert haben mochte. Aus dem lebhaften Mädchen war ein stilles, misstrauisches Geschöpf geworden.

„Auf ein Wort, Herrin", bat er sie eines Abends, während das Lager aufgeschlagen wurde. „Was ist mit dir geschehen? Was bedrückt dich. Sag es mir. Vielleicht kann ich Abhilfe schaffen?"

„Das glaube ich kaum. Und außerdem ist es besser, wenn du mich meidest. Aber, doch! Du könntest mir ein Wurfmesser besorgen."

„Wozu das?", fragte Aras verwundert. „Du bist hier in Sicherheit. Der ganze Trupp schützt dich."

„Ich schütze mich lieber selbst. Also besorge mir bitte eins und eine Zielscheibe. Ich danke dir."

Ohne ein weiteres Wort zu verlieren, ließ sie Aras stehen.

Von da an übte sie jeden Abend mit dem Messer werfen. Nicht, dass sie glaubte, sich im Ernstfall dadurch retten zu können, aber es beruhigte die Nerven, sich mit etwas zu beschäftigen, das der Verteidigung diente. Während der Fahrt im Wagen aber begann sie, Zulla das Nötigste an Lesen und Schreiben beizubringen. Immerhin schien ihr dies eine Möglichkeit zu sein, sich mit dem Mädchen verständigen zu können.

Da Aras bald einsah, dass er nicht mehr zu Semiramis durchdringen konnte, sie ihm keinen ihrer Gedanken mehr offenbaren würde, ließ er sie in Ruhe. Ob sie nun nur launisch war, wie die meisten Frauen, oder ob sie wirklich etwas bedrückte, vermochte er nicht zu sagen. Naja würde er in jedem Fall berichten, dass sie ein einfaches, ungefährliches Mädchen sei, das diese gewiss nicht zu fürchten brauchte. Doch obwohl er sich immer wieder sagte, dass es für sie beide besser sei, sich aus dem Weg zu gehen, schmerzte es innerlich doch ein wenig, dass sie ihm nur noch die kalte Schulter zeigte.

So erreichten sie Harran, die Hauptstadt der Provinz Syriens. Vor dem Palast, einem Gebäude so groß, wie Semiramis noch keins gesehen hatte, kam der Zug zum Stehen. Sofort kamen etliche Beamte angelaufen, um die mitgeführten Güter in Listen als geleistete Tribute zu vermerken und in die vorgesehenen Vorratshäuser zu bringen. Ein gewisser Teil davon sollte schon in wenigen Tagen weiter nach Kalchu, in die Lagerhäuser des Königs, weiterverfrachtet werden.

Semiramis wurde an den Obereunuchen des Turtanus übergeben und nach ausgiebiger Begutachtung und Körperpflege in ihre zukünftigen Räume gebracht. Hier warteten neue Gewänder, Schmuck und Dienerinnen auf sie. Da sie sich mit Zulla inzwischen hinreichend durch Zeichen verständigen konnte, zeigte ihr diese sofort, welche der Frauen in Najas Dienst standen und vor denen sie sich darum hüten musste.

Drei Tage später ließ die erste Gemahlin des Turtanu Semiramis zu sich bringen, um sie zu begrüßen und willkommen zu heißen. Der Turtanu selbst sei auf einem Feldzug, wurde ihr berichtete, und werde erst in zwei Monaten zurückerwartet.

Semiramis nickte gleichgültig, während sie ihre offensichtliche Gegnerin genauer in Augenschein nahm. Sie mochte die dreißig bereits weit überschritten haben, hatte aber noch immer glatte, ebenmäßige, ein wenig herrische Züge, einen schlanken, für eine Frau relativ großen Körper, dunkelbraune, von Silberfäden durchzogene Haare und braune Augen. Eigentlich war sie eine schöne Erscheinung bis auf die Nase, die zwar schmal, aber leicht gebogen war. Diese Nase verlieh ihr ein wenig das Aussehen eines Raubvogels. Dass diese Frau gefährlich und verschlagen war, das spürte Semiramis sofort, auch wenn sie sich herzlich und freundlich gab. Semiramis hingegen gab sich erstaunt und naiv, erschien ihr dies im Augenblick der beste Schutz zu sein. Vor einfältigen Menschen war man zumeist weniger auf der Hut.

Außer dem Besuch bei der ersten Gemahlin des Turtanus ereignete sich nicht viel. Semiramis´ Tage flossen in Eintönigkeit dahin, ein Vorgeschmack darauf, wie ihr weiteres Leben an der Seite des Turtanu aussehen würde. Eingesperrt hinter Haremsmauer, durfte sie den Palast nur mit Genehmigung der ersten Gemahlin und in Begleitung mehrerer Eunuchen verlassen. Doch selbst wenn Naja ihr das Verlassen erlaubt hätte, was sie gewiss nicht tun würde, wohin hätte Semiramis gehen sollen. Solange sie nicht die Gemahlin des Turtanu geworden war, hatte sie weder Geld noch Macht. Solange Onnes nicht zurück war, würde sie wohl bleiben müssen, wo sie war.

Eines Abends kam Zulla in ihr Zimmer geschlichen. Den Zeigefinger am Mund, bedeutete sie ihr, ihr leise zu folgen. Verwirrt ließ Semiramis sich von dem Mädchen in den Palastgarten zu einer in einer abgeschiedenen Ecke gelegenen Laube ziehen. Noch einmal legte das Mädchen den Finger an den Mund und bat auf diese Weise darum, kein Geräusch zu machen. In einiger Entfernung entdeckte Semiramis schließlich zwei Körper, die ineinander verschmolzen waren und hörte lustvolles Stöhnen. Bei näherem Hinsehen erkannte sie schließlich in den beiden Personen Naja und Aras. Das also hatte Zulla ihr zeigen wollen. Dies war wohl auch der Grund, warum man ihr die Zunge herausgeschnitten hatte, als Warnung, Stillschweigen zu bewahren. In einiger Entfernung entdeckte sie den Obereunuchen und einen weiteren Eunuchen, die Wache zu halten schienen. Semiramis war klar, wenn sie hier entdeckt wurden, waren sie beide des Todes.

Nach einiger Zeit löste Naja sich aus der Umarmung von Aras. Nachdem sie ihre Kleidung glattgestrichen hatte, wandte sie sich zum Gehen.

„Auf ein Wort, Herrin. Du hast mir versprochen, mich nach Hause zu entlassen, wenn ich diesen Auftrag für dich ausgeführt habe."

„Ehrlich gesagt bin ich mit der Ausführung deines Auftrags nicht sonderlich zufrieden. Was hast du mir mitgebracht. Nichts."

„Es gab nichts, was ich dir hätte berichten können. Ein junges, unerfahrenes Mädchen, das ich nach Harran gebracht habe. An diesem Mädchen ist nichts Ungewöhnliches."

„Du Narr", zischte Naja. „Bist du so blind, oder willst du es nur sein. Sie ist schön, zu schön, um auf Dauer nicht zu einer Gefahr für mich zu werden. Du hättest sie auf dem Weg hierher ausschalten sollen. Dann wäre ich mit dir zufrieden gewesen. Gab es keinen in deiner Mannschaft, der sie hätte verführen können?"

„Davon war nie die Rede. Und da hätte ich auch nicht mitgemacht."

„Noch machst du, was ich dir sage. Solange dieses Problem nicht aus der Welt ist, wirst du in Harran bleiben müssen. Vielleicht benötige ich ja noch deine Hilfe."

Gefolgt vom Obereunuchen verließ Naja die Laube und schritt auf ihre Gemächer im Harem zu. Zurück blieb Aras mit dem anderen Eunuchen.

„Komm Herr, ich schließe dir das Tor im Garten auf."

In sich versunken starrte Aras Naja nach.

„Sie wird mich nie gehen lassen."

„Nein", meinte der zurückgebliebene Eunuch zustimmend. „Sie ist wie eine Spinne, welche das Männchen frisst, wenn es seinen Zweck erfüllt hat. Und sie weiß, dass du genau das Gegenteil von dem getan hast, was sie wollte. Anstelle sie verführen zu lassen, damit sie für den Harem untragbar ist, hast du dafür gesorgt, dass sie über jeden Zweifel erhaben ist. Das wird sie dir nicht verzeihen."

„Ich weiß", flüsterte Aras betroffen. „Sie ist ein Miststück, und ich weiß nicht, wie ich sie loswerden kann."

„Der Turtanu, vielleicht…"

„Du glaubst doch nicht im Ernst, dass ich mich an ihn wenden kann. Soll ich zu ihm gehen und ihm sagen, ich habe mit deiner Frau geschlafen, aber ich wollte das gar nicht. Sie hat mich dazu gezwungen. Das wäre wohl mein Todesurteil, und vielleicht noch nicht einmal das ihre, weil sie sich wieder herausreden würde. Nein, es gibt keinen Ausweg, kein Entrinnen."

Vorsichtig zupfte Zulla Semiramis am Kleid und bedeutete ihr, mit ihr zurückzugehen. Leise schlichen die beiden Frauen davon, zurück zu Semiramis´ Gemächern.

Lange lag Semiramis in dieser Nacht wach und überdachte das, was sie erfahren hatte. Naja wollte sie vernichten, daran konnte es keinen Zweifel geben. Und ihr war jedes Mittel dazu recht. Wie sollte sie ihrem Schicksal entrinnen? Ihr musste bald etwas einfallen. Als sie im Morgengrauen endlich einschlief, war ihr klar, dass es nur einen Weg gab. Sie musste die Liebe des Turtanu erringen, ihn so für sich gewinnen, dass er das Vergangene, das ihn mit Naja verband, vergaß. Nur eine von ihnen beiden konnte überleben. Und Semiramis wollte nicht die sein, die sterben würde.

In dieser Nacht erschien Semiramis wieder die weiße Frau mit dem Fischschweif, die sie höhnisch auszulachen schien. Doch sie wurde von Aphrodite und Ischtar verjagt.

4.

Wenige Wochen später kehrte der Turtanu von seinem Feldzug nach Urartu zurück. Wieder einmal war das assyrische Heer erfolgreich gewesen, hatte reiche Beute an Gold, Silber, Schafen, Rindern, Weizen und Menschen gemacht. Drei Städte waren dem Erdboden gleichgemacht und deren Bewohner ausnahmslos getötet worden, weil sie sich den assyrischen Forderungen nicht ohne Gegenwehr ergeben hatten.

Frisch gewaschen und zufrieden betrat der Turtanu schon am ersten Abend seinen Harem, begrüßte kurz seine erste Gemahlin und verlangte dann nach seiner Braut.

Als er Semiramis erblickte, in helles Blau gekleidet, welches das Blau ihrer Augen noch unterstrich, das schwarze Haar sorgsam offen nach hinten gekämmt, begann sein Herz schneller zu schlagen. Die Eroberung dieses Mädchens erschien ihm wesentlich bedeutender als alle neu eroberten Gebiete der jährlichen Kampagne zusammen.

Entspannt streckte er sich auf einer Kline aus: „Ich hoffe, du hattest eine gute Reise? Ist alles nach deiner Zufriedenheit? Kann ich irgendetwas für dich tun? Sprich, und es wird dir erfüllt werden."

„Ich danke dir für deine Nachfrage, mein Herr. Ja, ich hatte eine gute Reise. Mein Begleiter war sehr darauf bedacht, mich sicher und unversehrt zu dir zu bringen. Und auch hier ist bestens für mich gesorgt worden. Ich kann dir für deine Fürsorge nur danken."

Während Semiramis ihren künftigen Gemahl zum ersten Mal genauer in Augenschein nahm, musste sie zugeben, dass er trotz seines für sie hohen Alters, er mochte Anfang fünfzig sein, noch außergewöhnlich muskulös und durchtrainiert wirkte. Sein Gesicht, faltig und von der Sonne gegerbt, wirkte durch die lebendigen Augen und den wallenden, gepflegten, schwarzen, von Silbersträhnen durchzogenen Bart durchaus für sein Alter attraktiv. Es sollte, es musste ihr gelingen, diesen Mann für sich zu gewinnen.

„Ich kann es kaum erwarten, dich als meine Gemahlin in meinen Gemächern zu begrüßen."

„Auch ich freue mich auf unsere erste Begegnung", entgegnete Semiramis süß.

„Dann sollte einer baldigen Hochzeit nichts im Weg stehen", meinte Onnes frohgelaunt. „Ich würde sagen, heute in einer Woche feiern wir ein großes Fest anlässlich unserer Vermählung."

Der Abend zog sich in die Länge. Onnes berichtete Semiramis von seinem Feldzug, den neuen Eroberungen, die er für den Gott Assur gemacht hatte, seiner reichen Beute und kriegerischen Heldentaten. Semiramis lauschte interessiert, lernte sie so doch eine Menge über die Gepflogenheiten der Assyrer. Onnes hingegen empfand es wohltuend, einer Frau gegenüberzusitzen, die an seinem Leben echten Anteil zeigte.

Die Hochzeit erwies sich als ein riesiges Ereignis, bei dem ganz Harran mitfeiern durfte. Der Turtanu war mehr als nur entzückt über seine neue Gemahlin, und Naja kochte vor Wut.

Auch in der Hochzeitsnacht erwies Semiramis sich als überaus geschickt, hatte sie sich doch von den Frauen des Harems genau beschreiben lassen, was sie tun musste, um auch einen etwas älteren Mann zu erfreuen. Allzu schwer fiel ihr dies jedoch nicht, da sie für die Liebe geboren zu sein schien.

Als Onnes am Morgen erwachte und sie anlächelte, wusste Semiramis, dass sie fürs Erste gewonnen hatte.

„Wünsch dir etwas, meine Taube. Was immer es ist, soweit es in meiner Macht liegt, werde ich es dir erfüllen."

„Nun, ich hätte da schon einen Wunsch, aber ich weiß nicht, ob es nicht ungebührlich ist, diesen zu äußern."

„Sprich!"

„Nun denn. Du sandtest mir Prinz Aras als Begleitschutz. Und er hat seine Aufgabe gut gemacht. Auf dem Weg hierher haben wir einige Tage in Byblos Halt gemacht. Dort habe ich seinen Vater kennengelernt. Er ist alt und hinfällig. Sein Sohn wäre ihm gewiss eine Stütze, wenn er bei ihm sein könnte. Entlasse ihn nach Hause, oder gibt es einen Grund, ihn noch länger als Geisel festzuhalten? Dann vergiss meine Bitte."

„Nein, den gibt es nicht. Ich denke, wir können uns auf die Vasallentreue von Byblos verlassen. Allerdings hätte ich eher mit einer Bitte nach Schmuck oder ähnlichem gerechnet. Aber gut. Diese Kleinigkeit werde ich noch heute in die Wege leiten. Und der Prinz wird kommen und sich persönlich bei dir für diese Gunst bedanken."

„Das ist gar nicht nötig. Aber wenn du darauf bestehst."

Schon am Nachmittag des darauffolgenden Tages ließ Prinz Aras sich bei ihr melden. Ihrem neuen Status entsprechend ging er vor ihr auf die Knie.

„Der Turtanu hat mir gesagt, dass du dich für mich verwendet hast, Herrin. Ich möchte dir danken."

„Nun", antwortete Semiramis honigsüß. „Ich wollte der Spinne zuvorkommen, damit sie dich nicht frisst. Besser, du verlässt Harran ganz schnell und läufst mir in deinem Leben niemals wieder über den Weg. Das wäre besser für dich."

Ihre Blicke trafen sich einen Augenblick, und Aras wusste sofort, dass sie über alles Bescheid wusste. Trotzdem hatte sie ihm aus der tödlichen Umklammerung geholfen, doch wahrscheinlich nicht, um ihm einen Gefallen zu tun, sondern eher, um Naja zu treffen.

„Ich danke dir dennoch und bitte dich, hüte dich vor der Spinne. Sie ist äußerst giftig und gefräßig."

Semiramis nickte stumm. Damit war die Unterredung beendet.

Semiramis ging es schlecht. Am Anfang hatte sie geglaubt, dass ihre Schwäche und Übelkeit von der Schwangerschaft herrührten. Doch schon bald merkte sie, dass das Kind, das sie trug, nicht allein die Ursache für ihre Beschwerden sein konnte. Allmählich wurde ihr klar, dass sie langsam, aber sicher vergiftet wurde. Doch wodurch? Ihr Essen und Trinken ließ sie vorkosten. Daher konnte das Gift also nicht stammen. Semiramis wusste, dass sie die Quelle schnell finden musste, sonst würde das Gift sie schon bald dahingerafft haben. Und sie war allein mit ihren Befürchtungen und Ängsten. Onnes war auf seinem jährlichen Feldzug. Von ihm konnte sie keine Hilfe erwarten. Und im Harem herrschte Naja zusammen mit dem Obereunuchen, der ihr bei all ihren Schandtaten zur Seite stand, ihre heimlichen Liebschaften ebenso wie ihre Morde deckte. Semiramis kam sich wie ein gefangenes Tier in der Falle vor.

Immer wieder ließ sie es sich durch den Kopf gehen, was sie täglich benutzte, berührte oder an den Mund führte. Schließlich blieb ihr Blick an den verschiedenen Salben und Cremes haften, die ihr die Dienerinnen täglich auftrugen. All diese Tinkturen fassten auch andere an außer ihr Gesichtsöl, dies trug sie sich immer selbst auf.

Zulla, die neben ihrer Herrin stand, und deren täglichen Verfall besorgt beobachtete, ahnte, was

Semiramis befürchtete. Aber auch sie hatte keine Vermutung, wie das Gift in Semiramis´ Körper gelangte.

„Lasst Zulla und mich allein", befahl Semiramis ihren Dienerinnen, da sie wusste, dass einige von ihnen heimlich Naja dienten. Als alle gegangen waren, deutete Semiramis zielsicher auf das Fläschchen mit dem Öl. Zulla reichte es ihr. Lange drehte und wendete Semiramis die Flasche, dann ließ sie sie von Zulla wieder zurückstellen. Sie würde das Öl nicht mehr benutzen, es aber keinen merken lassen. Schon bald würde sich herausstellen, ob eine Besserung ihrer Gesundheit eintreten würde. An Zulla gewandt meinte sie: „Es kann nur eine von uns geben. Die Frage ist nur, wer von uns beiden schneller ist. Lange warten kann ich nicht mehr, sonst schadet am Ende das Ganze noch meinem ungeborenen Kind. Darum muss ich jetzt handeln. Hör mir genau zu, Zulla. In der Schublade dort drüben findest du einige Goldstücke. Nimm sie. Gib aus, so viel du immer brauchst. Suche eine Heilerin auf, aber keine in der Stadt. Die könnte man ausfindig machen. Geh auf irgendein Dorf in den Bergen. Sag am Tor, dass ich dich schicke, um eine spezielle Medizin für mich zu besorgen. Verwisch deine Spuren. Erwirb fünf giftige Viper und bring sie mir. Sollte es mir bald besser gehen, weil ich die Quelle des Gifts gefunden habe, dann erwarte ich dich jeden Abend am geheimen Gartentor des Harems. Sollte ich nicht dort sein, dann geht es mir schlechter, dann schieb den Korb einfach durch die Gitter. Lass dir noch irgendein Kraut verkaufen, dass du am Tor des Harems vorweist, wenn du zurückkommst. Hast du alles verstanden."

Zulla nickte. Sie hatte verstanden. Und sie würde den Auftrag ihrer Herrin bestens erledigen, denn sie wollte ihre Herrin nicht verlieren, ebenso wie sie sich an Naja zu rächen gedachte.

Allmählich ging es Semiramis besser. Sie war mit ihrer Vermutung richtig gelegen. Seit sie das Öl nicht mehr benutzte, besserte sich ihr Zustand täglich. Doch sie spielte weiterhin die Leidende, um keinen Verdacht zu erregen und einem anderen Anschlag, der gewiss kommen würde, vorzubeugen. Auch ihre Dienerinnen schickte sie immer wieder hinaus, um allein zu sein und schlafen zu können.

Am fünften Abend endlich wartete Zulla vor dem Gartentor und schob ein Körbchen mit den giftigen Vipern durch das Gitter. Semiramis nahm es in Empfang und eilte zu dem kleinen Gartenpavillon, in dem Naja während der Abwesenheit Onnes ihre Liebhaber, ebenso wie die Drahtzieher ihrer vielen Intrigen empfing. Semiramis hatte sie oft dabei beobachtet. Neugierig betrat sie den Pavillon, öffnete eins der Fenster, ging wieder hinaus, schloss die Tür und leerte schließlich ihre giftige Fracht in den Raum, lehnte das Fester an und ging zurück in ihr Gemach. Niemand hatte bemerkt, dass sie ihr Gemach verlassen hatte. Als Zulla schließlich offiziell am Haremstor eintraf und Semiramis das gewünschte Kraut brachte, wartete Semiramis geduldig auf das Ergebnis ihrer Bemühungen. Inständig hoffte sie, dass niemand vor Naja den Pavillon betrat und ungewollt Opfer ihres Anschlags werden würde. Doch darüber mussten nun allein die Götter befinden. Zum ersten Mal in ihrem Leben betete sie zu Assur, dem blutrünstigen Gott der Assyrer, aber auch zu Ischtar, ihrer Kriegsgöttin.

Als Zulla ihr zwei Tage später morgens zulächelte, wusste Semiramis, dass ihr Plan aufgegangen war. Und dies noch viel besser als gewünscht. Die giftigen Würmer hatten nicht nur Naja, sondern auch den Obereunuchen und einen der Liebhaber der ersten Gemahlin gebissen. Durch die Bisse und das Auffinden der Leichen in eindeutiger Situation war auch der jahrelange Betrug der ersten Gemahlin Onnes aufgedeckt worden. Ein Skandal ohne gleichen zeichnete sich ab, bei dem durch peinliche Verhöre alle, die daran beteiligt waren, aufgespürt und hingerichtet wurden. Semiramis konnte einen von Najas Getreuen gesäuberten Harem übernehmen, in dem sie nun die erste Gemahlin war. Drei Monate später brachte sie ihren ersten Sohn, der den Namen Hyapates bekam, zur Welt. Ein Jahr darauf kam sie mit einem zweiten Sohn nieder, der den Namen Hydaspes erhielt. Auf beide Söhne war Onnes überaus stolz. Am allermeisten aber auf seine Gattin Semiramis, die schönste Blume des Landes, wie er sie zu nennen pflegte.

Auch Semiramis hätte nun zufrieden und ruhig ihr Leben genießen können, doch sie wusste genau, dass etwas in ihrem Leben fehlte, die starken Arme eines Mannes, den sie nicht nur, wie Onnes, achten, sondern den sie wirklich und leidenschaftlich lieben konnte. Sollte ihr dies für den Rest ihres Lebens verwehrt bleiben?

5.

Wie jedes Jahr unternahm der Turtanu zusammen mit König Salmanassar einen Feldzug, um die Furcht vor den Heeren des Gottes Assur aufrecht zu erhalten. In diesem Jahr führte sie die Strafexpedition nach Baktrien. Und wie seit einigen Jahren begleitete Semiramis ihren Gatten auf dem Feldzug. Onnes liebte ihre Gesellschaft, und sie langweilte der Harem. Lieber teilte sie mit Onnes die Strapazen des Feldlagers, als zu Hause die Zankereien von Onnes Konkubinen zu ertragen. Eigens hierfür hatte sie sich ein neues Kleidungsstück entworfen, eine weite, an den Fesseln zusammengeraffte Hose, die ihr die Bewegungsfreiheit verschaffte, die sie auf ihren Reisen benötigte. Schon sehr bald hatten viele am Hof von Harran diese neue Mode übernommen. Sie eiferten Semiramis in vielem nach.

Das Heer war vor Baktra, der Hauptstadt Baktriens, einem auf einem Felsen liegenden Adlernest, zum

Stehen gekommen. Alle Angriffe waren bisher ohne großen Aufwand der Gegner zurückgeschlagen worden.

Salmanassar fluchte leise vor sich hin. „Seit Tagen erzählst du mir das gleiche", fauchte er seinen Astrologen an. „Die Wende kommt. Wir werden die Stadt einnehmen und ihren König Oxyartes mit uns als Gefangenen fortführen. Doch nichts geschieht. Jeder Angriff wird mühelos zurückgeschlagen. Lange kann ich hier nicht mehr ausharren, während zu Hause eine Stadt nach der anderen sich dem Aufruhr anschließt."

„Vertrau mir, mein König. Die Stadt wird fallen und zwar schon bald, und ein neuer Stern wird für Assur aufgehen."

„Was für ein Stern? Wovon sprichst du nun schon wieder?" Salmanassar war am Verzweifeln. Zwar vertraute er dem Babylonier, der in seinem Dienst stand. Er hatte den Ruf, der beste Astrologe seines Fachs zu sein, sowie die Babylonier den Assyrern in Kunst und Wissenschaft in vielem weit voraus waren. Doch allmählich verlor er die Geduld. Erst hatte Nabu-apla ihm aufgrund der Geburtsstunden seiner Söhne den jüngeren Schamschi-Adad als seinen Nachfolger empfohlen und dadurch einen Aufstand, angestiftet von seinem älteren Sohn Assur-dan-apli, heraufbeschworen. Inzwischen schlossen sich immer mehr Städte Assurs der Rebellion an, während er hier an dieser Bergfestung festsaß und nicht weiterkam.

Nabu-apla studierte noch einmal genau seine Karten der Gestirne. „Der Stern wird aufgehen, heute Nacht, mein König, und die Festung wird fallen. Das ist gewiss."

Unwillig schüttelte Salmanassar den Kopf. „Wenn nicht bald geschieht, was du sagst, wirst du deinen Kopf verlieren."

„Es wird geschehen, heute Nacht. Sie wird kommen und dich aus deiner militärischen Notlage befreien."

„Sie?" Salmanassar starrte seinen Astrologen entgeistert an. „Langsam scheinst du den Verstand zu verlieren, mein Freund."

„Nein, mein König, die Sterne lügen nicht."

Wieder und wieder blickte Semiramis zum Berg hinauf, auf dem die Festung König Oxyartes thronte und auf sie herunterblickte, um sie zu verhöhnen. Wie lange saßen sie hier nun schon fest? Nichts ereignete sich, was darauf schließen ließ, endlich die Oberhand zu gewinnen und diesen unseligen Krieg zu beenden. Wie oft hatte sie ihrem Gemahl schon vorgeschlagen, einen Trupp Soldaten in der Nacht den Berghang hinaufklettern zu lassen und sich von oben, wo es keine Befestigungsmauer, sondern nur eine kahle Felswand gab, abzuseilen und so in die Stadt einzudringen und das Stadttor zu öffnen. Doch ihr Mann hatte diesen Vorschlag als undurchführbar eingestuft. Semiramis aber glaubte an ihre Idee. Noch einmal versuchte sie Onnes für ihren Vorschlag zu gewinnen.

„Nein, Semiramis. Das ist unmöglich. Niemand kann im Dunkel diesen Berg erklimmen, sieht er doch nicht, wohin er tritt. Und bei Tag würde er sofort entdeckt. Nein, ich fürchte, wir müssen die Burg aushungern."

„Ein paar Männer könnten es doch wenigstens versuchen", eilte Mutarris-Assur, der Befehlshaber von Onnes Leibgarde, Semiramis zu Hilfe. „Was können wir schon verlieren, was wir nicht jeden Tag verlieren, wieder ein paar Männer."

„Nein," antwortete Onnes entschieden. „Für dieses Abenteuer mit tödlichem Ausgang habe ich keine Männer zur Verfügung. Ich brauche jeden Mann." Dass dies das letzte Wort des Turtanu in dieser Angelegenheit war, daran hatte sein Tonfall keinen Zweifel gelassen. „Und jetzt lasst mich bitte allein. Ich muss nachdenken."

Vor dem Zelt schaute Semiramis Mutarris-Assur fragend an. „Nein, Herrin, schau mich nicht so an. Selbst wenn es gelingen würde, und ich glaube, dass es gelingen könnte, würde ich meinen Kopf verlieren. Ich kann mich einem Befehl des Turtanu nicht widersetzen."

Semiramis seufzte. „Dann werde ich es heute Nacht allein versuchen. Sorge wenigstens dafür, dass Truppen bereitstehen, sollte das Tor sich öffnen."

„Das kann ich nicht zulassen, Herrin. Du würdest in den sicheren Tod gehen."

„Wie willst du mich hindern? Jemand muss tun, was getan werden muss."

Mutarris-Assur atmete schwer aus. „Du raubst mir meinen Kopf, Herrin. Aber ich kann es auch nicht zulassen, dass du allein gehst. Ich werde dich mit zwei meiner Männer begleiten und einen Trupp vor die Tore der Stadt beordern, sollte es tatsächlich gelingen. Bitte denke an mich, wenn mein Kopf auf den Zinnen der Stadtmauer steckt."

„Ich werde es nicht zulassen, dass dir etwas geschieht."

Mutarris-Assur schüttelte unwillig den Kopf. „Das wirst du nicht verhindern können, Herrin. Bete um Assurs Hilfe. In der Abenddämmerung brechen wir auf."

Es war ein anstrengender und steiler Aufstieg, und die Versuchung abzubrechen und zurückzukehren immer wieder groß, wurde das Unternehmen dadurch erschwert, dass die Gruppe sich mehr fühlend als sehend vorwärtsbewegen musste, da jede größere Lichtquelle den Posten auf den Stadtmauern ihr Herannahen verraten hätte. Mehr als einmal kam Geröll ins Rutschen und verursachte ein Dröhnen, das nach allen Richtungen zu vernehmen war. Als sie endlich den Gipfel erreicht hatten, waren alle mehr als nur erschöpft. Doch Semiramis drängte zum

Weitermachen. „Wenn die Sonne aufgeht, werden sie uns sehen. Wir haben also keine Zeit."

Semiramis war die Erste, die an einem Seil in die Stadt hinuntergelassen wurde. Ihr folgte Mutarris-Assur. Die beiden anderen blieben auf dem Berggipfel zurück, Pfeil und Bogen in Anschlag gebracht, sollte sich in der Stadt etwas rühren.

Ohne besondere Vorkommnisse erreichten die beiden das Stadttor. Dem Wächter, der eingeschlafen war, stieß Mutarris- Assur kurzerhand einen Dolch ins Herz. Dann öffneten sie vorsichtig das Tor einen Spalt, um die auf den Zinnen wachhabenden Soldaten nicht zu warnen. Mit einer Fackel gaben sie das Zeichen, woraufhin sich kurze Zeit später die wartenden Soldaten leise näherten. Als sie schließlich entdeckt wurden, war bereits die Hälfte von ihnen in der Stadt. Für die Assyrer gab es nun kein Halten mehr. Im Morgengrauen war die Stadt in assyrischer Hand, ihr König gefangengesetzt.

Müde und erschöpft kehrte Semiramis, begleitet von Mutarris-Assur, in ihr Zelt zurück. Zornig starrte ihr Mann ihr entgegen.

„Wie konntest du nur. Ich hatte es dir doch verboten?"

„Aber es ist doch alles gutgegangen. Die Stadt ist erobert, Onnes. Freu dich doch."

„Freuen? Du hast mein Verbot missachtet, ebenso wie du, Mutarris-Assur. Nehmt ihn fest und die beiden, die sie begleitet haben, ebenfalls. Sie werden morgen früh öffentlich gepfählt."

„Das kannst du nicht machen, Onnes. Das wäre ungerecht", schrie Semiramis auf.

„Und ob ich das kann. Sie sind Soldaten und haben meinen Befehlen zu gehorchen. Welche Strafe Ungehorsam nach sich zieht, haben sie gewusst."

„Sie waren dir nicht ungehorsam. Nachdem Mutarris-Assur merkte, dass ich allein losgezogen bin, um meinen Plan umzusetzen, ist er mir mit zwei seiner Männer gefolgt, um mich zu schützen. Wenn jemand hier ungehorsam war und Strafe verdient hat, dann ich und nicht deine Männer."

„Er hätte zu mir kommen und mich informieren müssen, anstatt dir hinterherzusteigen," beharrte Onnes auf seiner Meinung. „Führt ihn ab."

Zornig zog Semiramis einen Dolch, den sie immer mit sich führte, seit sie Messerwerfen geübt hatte, aus dem Gürtel und setzte ihn sich an die Kehle. „Wenn er stirbt, dann auch ich, denn mich trifft die Hauptschuld."

Onnes starrte seine Frau entsetzt an.

„Das darfst du nicht tun, Herrin", meinte der inzwischen in Ketten gelegte Mutarris-Assur. „Das bin ich nicht wert."

„Täusche dich nicht. Sie wird es tun. Das weiß ich genau", meinte Onnes. An seine Frau gewandt fuhr er fort: „Leg ihn weg, Semiramis. Du hast gewonnen. Ich werde ihnen nichts tun." Gebrochen stand ihr Gemahl vor ihr. Erst jetzt begriff Semiramis, dass noch etwas anderes ihn bedrückte.

„Was ist los, Onnes? Was bedrückt dich?"

„Gestern Abend in der Offizierssitzung sprach der König davon, dass sein Astrologe ihm vorausgesagt habe, dass die Festung bis zum Morgengrauen in unserer Hand wäre. Und er faselte etwas von einem neuen Stern, der an Assurs Himmel aufgehen würde. Ich habe Angst, Semiramis, Angst dich zu verlieren. Alle sprechen von deiner Tat. Der König wird dich sehen wollen."

„Und wenn schon. Der König ist ein wirklich alter Mann, Onnes. Was soll er von mir wollen? Es droht keine Gefahr. Außerdem liegt unser aller Leben in der Hand der Götter. Was sie beschließen, dem müssen wir uns beugen. Warum sollten die Götter uns böse wollen?"

„Uns nicht, Semiramis, aber mir. Du bist ein Kind der Götter, der Stern, der hell über dem Land Assur leuchten wird. Aber dieser Stern wird ohne mich leuchten. Du bist längst über mich hinausgewachsen."

Zärtlich nahm Semiramis ihren Mann in den Arm und küsste ihn auf den Mund. „Ich respektiere dich mehr als irgendeinen anderen Mann. Und ich danke dir für das Leben dieser Männer. Dieses Geschenk ist so viel mehr wert als Gold und Edelsteine."

Onnes nickte ergeben. Doch wirklich glücklich war er nicht. Er wollte von seiner Frau nicht respektiert, sondern geliebt werden. Doch dafür trennten sie vermutlich zu viele Jahre. Er war schon lange nicht mehr der Mann, der einer Frau wie Semiramis die Befriedigung schenken konnte, die sie brauchte. Das wusste er seit geraumer Zeit.

Ein Diener des Königs trat ein und überbrachte die Einladung des Königs zum Abendessen an Onnes und seine Gemahlin. Er wollte die Frau kennenlernen, die für ihn Baktra bezwungen hatte. Onnes Ahnungen schienen sich zu bestätigen. Doch er sagte nichts mehr, sondern fügte sich ergeben in sein Schicksal.

Verschleiert, wie es sich für eine verheiratete Frau in der Öffentlichkeit gehörte, betrat Semiramis mit ihrem Mann das Zelt des Königs. Nachdem sich beide vor Salmanassar verneigt hatten, nahmen sie die zugewiesenen Plätze ein. Vergeblich warteten sie auf weitere Gäste, sie blieben allein. Einzig der Astrologe des Königs gesellte sich zu ihnen. Wie die meisten Assyrer war der König sehr abergläubisch. Dies ging bei Salmanassar so weit, dass er nichts Bedeutendes tat, ohne vorher die Sterne befragen zu lassen, wann der beste Zeitpunkt für alles Mögliche wäre. Selbst die Wahl seines Nachfolgers hatte er von Nabu-apla aus den

Sternen lesen lassen. Und so wunderte es Semiramis nicht, dass auch sie nach Tag und Stunde sowie Ort ihrer Geburt gefragt wurde. Mit den erfragten Daten zog der Astrologe sich zurück, um auf Weisung des Königs der Gemahlin des Turtanu ein Horoskop zu erstellen.

Das Essen wurde serviert, und Semiramis war gezwungen, ihren Schleier abzulegen. Ein anerkennender Ausruf entwich dem König, als er die junge Frau seines Turtanu erblickte.

„Wahrlich, da hast du ja einen richtigen Schatz in deinem Harem versteckt, mein Freund. Noch niemals habe ich solch meerblauen Augen bei einem Mädchen gesehen."

„Ja", antwortete der Turtanu. „Ich kann mich rühmen, nicht nur eine junge, schöne, sondern auch kluge und energische, von etwas zu viel Wildheit gesegnete Frau zu haben."

„Wie bist du auf die Idee gekommen, den Felsen hinaufzuklettern und dich von dort in die Stadt hinunterzulassen?", begehrte der König von Semiramis zu wissen.

„Ich sah dies als die einzige Möglichkeit an, in die Stadt zu gelangen. Von unten hätte man sie nie einnehmen können."

„Und dein Gatte?"

„Hat mich bei diesem Einfall großmütig unterstützt und mir seine besten Soldaten als Begleitung gegeben."

Semiramis wusste, dass nur diese Lüge die Ehre ihres Mannes nicht gefährden würde.

„Und du, Onnes, hast du denn keine Angst um deine Frau gehabt? Einen solchen Schatz wie sie findet man gewiss so schnell nicht mehr."

„Doch, gewiss mein König, hatte ich Angst um sie. Doch hätte ich es ihr verboten, hätte sie es wohl trotzdem versucht. Wie schon gesagt, manchmal ist sie von einer kaum zu bezähmenden Wildheit und Entschlossenheit."

„Wahrlich Gaben, einer Königin würdig," meinte Salmanassar, und wechselte dann das Thema. „Suche dir morgen zehn von den Gefangenen als Sklaven aus, die dir persönlich dienen sollen. Alle übrigen Gefangenen werde ich morgen hinrichten lassen. Auf meinem Rückweg kann ich mich nicht mit ihnen belasten. Ich habe schon viel zu viel Zeit vor den Toren Baktras verschwendet. Ich muss so schnell wie möglich zurück nach Assur, der heiligen Stadt, dem Zentrum der Rebellion. Darum werden wir übermorgen nach Hause aufbrechen."

Den Rest des Abends verbrachten sie mit Plaudereien, während das Essen gereicht wurde.

Lange nachdem Semiramis müde auf ihrer Zeltpritsche eingeschlafen war, Onnes sich auf seinem Bett schlaflos hin und her wälzte, studierte Salmanassar das von Nabu-apla erstellte Horoskop von Semiramis.

„Es besteht kein Zweifel, mein König, der Kronprinz und dieses Mädchen sind füreinander bestimmt. Sie ergänzen sich perfekt. Ihr müsst die beiden zusammenfügen."

„Davon wird mein Turtanu nicht begeistert sein. Ich fürchte, er liebt dieses Mädchen sehr."

„Auch er ist ein Diener des Staates Assur und muss für dessen Wohl beiseitetreten."

„Ich hoffe, er kann dies ebenso sehen wie du", erwiderte der König zweifelnd.

Schon am nächsten Morgen erhielt Onnes vom König den Befehl, Semiramis für den Kronprinzen freizugeben. Während im Lager das Abschlachten hunderter Gefangener stattfand, erwiderte Onnes dem König, dass ihm dies völlig unmöglich sei. Semiramis sei nicht nur seine erste Gemahlin, sondern auch die Mutter seiner beiden Söhne. Und während Semiramis mit sich rang, welchen der Gefangenen sie das Leben retten sollte, erhielt Onnes vom König die Nachricht, dass dieser Befehl nicht verhandelbar sei, da er das Wohl des ganzen Staates Assur betreffe. Tief getroffen und von seinem König verraten zog Onnes sich in sein Zelt zurück, wo er sich nach kurzem Überlegen erhängte, um der Schande dieser Demütigung zu entgehen. Zur gleichen Zeit wurden im Lager riesige Scheiterhaufen errichtet, auf denen Frauen, Kinder und Greise bei lebendigem Leib verbrannt wurden. Die gefangenen Offiziere wurden bei lebendigem Leib gehäutet, den anderen männlichen Gefangenen Hände und Füße abgehackt, bevor ihnen der Kopf vom Körper getrennt wurde. So strafte der König der Assyrer alle, die sich ihm nicht freiwillig unterwarfen.

Semiramis versank in tiefe Trauer. Ein solches Ende hatte ihr Gemahl, der immer treu seinem König gedient hatte, nicht verdient. Am Nachmittag erhielt sie vom König per Boten sein Beileidsbekunden und die Versicherung, dass sie von nun an unter seinem persönlichen Schutz stehe. Semiramis war es gleichgültig. Ihr Mann wurde in aller Eile in Baktra beigesetzt und als neuer Turtanu Dajjan-Assur ernannt. Damit war ihr Gemahl vergessen. Doch sie vergaß ihn und sein Ende nicht. Salmanassar möchte zwar ein mächtiger König sein, aber auch ein grausamer Mensch, dachte sie an all die Leben, die am heutigen Tag auf grausame Weise ein Ende gefunden hatten.

Wie beabsichtigt setzten sich Salmanassars Heere am nächsten Morgen im Eilmarsch Richtung Heimat in Bewegung. In Kalchu, der momentanen Hauptstadt des Assyrerreichs, ließ Salmanassar seine Armeen kurz halten, um sie aufzuteilen. Die eine Hälfte sandte er zur alten Reichshauptstadt Assur, um diese zu belagern, die zweite gegen Ninive. Er war davon überzeugt, wenn er diese beiden Städte zu Fall gebracht haben würde, erledigte sich der Rest der Revolte von allein. Vor allem Assur, die Stadt seiner Ahnen, musste erobert werden, denn hier hatte sich der altassyrische Adel mit seinem ältesten Sohn gegen ihn zusammengetan.

Semiramis erhielt im Palast von Kalchu einige Räume, die sie und ihr Personal bewohnen durften. Aufmerksam betrachtete sie auf einem Spaziergang die Hauptstadt Salmanassars mit seinen kolossalen Stadtmauern, dem riesigen Ninurta-Tempel und Ischtar-Tempel im Südwesten der Stadt. Ein Gemisch von Völkern aller Länder traf in der Stadt aufeinander, Adlige, Beamte, Soldaten und Sklaven. Der Markt bot ein buntes Gemisch von Waren aus aller Herren Länder. Soweit das Auge reichte war die Größe und Grausamkeit Assurs zu spüren. Die Eingangstore von Kalchu zierten riesige Fabeltiere, die dem neu Ankommenden Furcht vor der Größe der Könige von Assur einflößen sollten. Die Wände waren mit Szenen geschmückt, die die Könige als Sieger und Rächer über die Feindländer darstellten. Semiramis graute, dachte sie an die Szenen, die sie selbst erlebt hatte. Sie wollte nach Hause, so schnell wie möglich, wollte ihre Kinder in die Arme schließen und sich auf das Landgut ihres verstorbenen Mannes zurückziehen, um ihren Schock über das Erlebte zu verarbeiten. Seinen ältesten, von Naja geborenen Sohn hatte ihr Mann enterbt, da er Zweifel hegen musste, dass dies überhaupt sein Sohn sei. So gab es diesbezüglich wenigstens keine Streitereien zu erwarten.

Salmanassar fluchte. „Und ich wünsche, dass du dieses Mädchen zu deiner ersten Gemahlin machst. Hast du mich verstanden."

„Vater, ich war dir immer ein guter, gehorsamer und ergebener Sohn. Alles, was du von mir jemals verlangt hast, habe ich getan. Aber diesmal weigere ich mich. Sie ist kein unschuldiges, jungfräuliches Mädchen, sondern die Mutter von zwei Söhnen. Eine Witwe. Nein, Vater, beim besten Willen. Wir haben einen Aufstand zu bewältigen. Wollen wir noch mehr Öl ins Feuer gießen, indem wir einen Niemand zur künftigen Königin von Assur machen. Wenn dir so viel daran liegt, nehme ich sie in meinen Harem auf. Aber heiraten werde ich sie auf keinen Fall."

„Du hast mir zu gehorchen. Und das weißt du!", schrie Salmanassar aufgebracht.

„Niemals!" Mit festem Schritt verließ der Kronprinz den Thronsaal, seinen Vater einfach stehen lassend.

Beruhigend legte Nabu-apla, der bei der Unterredung anwesend gewesen war, seine Hand auf des Königs Schulter. „Was das Schicksal zusammenfügen will, wird es tun, mit oder ohne unser Eingreifen. Glaube mir, mein König, es ist besser, ihn nicht zu zwingen. Und auch Semiramis muss ihre Wunden verheilen lassen. Der Tod ihres Mannes hat ihr sehr zugesetzt. Lass beide ziehen, aber sorge dafür, dass sie sich zuvor begegnen."

„Und das hältst du für klug?", fragte der König ungläubig.

„Ja", antwortete Nabu-apla fest. „Lade beide heute Abend an deinen Tisch mit anderen. Lass beide vorher wissen, dass sie ihren Willen bekommen. Semiramis soll auf das Landgut ihres Mannes gehen dürfen und Schamschi-Adad sende nach Assur, um die Stadt einzunehmen und deinen erstgeborenen Sohn in Ketten vor dich zu führen."

Der König seufzte. „Also gut. So soll es geschehen."

Mutarris-Assur kniete vor Semiramis. „Bitte Herrin, lass mich dich begleiten. Lass mich dir dienen, denn ich wüsste niemanden, dem ich aus ehrlichem Herzen lieber dienen würde. Und du kannst treue Diener brauchen."

„Hast du dir das auch gut überlegt. Im Heer des Königs würden dich vielleicht Ehre, Ruhm, Titel und Reichtum erwarten. Bei mir hingegen ein unbestimmtes Schicksal."

„Glaube mir, Herrin, wo auch immer dein Weg hinführen wird, ich werde dir ergeben folgen und dich mit meinem Leben beschützen. Der Krieg, die

Belagerungen und all die Greultaten, die danach geschehen, das ist nicht mein Leben. Aber dir zu dienen, das könnte mein Leben ausfüllen."

„Also gut", antwortete Semiramis. „Ich nehme deine Dienste gerne an, weil ich weiß, dass du treu und verschwiegen bist. Lass mich dieses Gastmahl beim König heute noch hinter mich bringen. Morgen in der Frühe reisen wir ab, erst nach Harran, um meine Söhne zu holen und dann auf das Gut meines Mannes, auf dem ich hoffe, meine Ruhe zu finden. Bereite alles vor und suche dir unter den Mädchen und Jungen, die ich vor Baktra vom König geschenkt bekommen habe, eine Dienerin und einen Knappen aus. Aber sei behutsam mit ihnen. Sie haben ihre Eltern, Geschwister und Kinder sterben sehen. Ich glaube, das kann man nicht vergessen."

Mutarris-Assur nickte. „Ich danke dir für dein Geschenk, Herrin Semiramis, und werde es mit Wohlwollen behandeln."

Semiramis nickte und begab sich dann ins Bad, um sich von Zulla für den Abend beim König vorbereiten zu lassen.

Völlig in schwarze Schleier gehüllt, das Gesicht vollständig verdeckt, erschien die Witwe des Turtanu Onnes zum Festmahl des Königs. Niemand konnte von der Frau darunter auch nur etwas erahnen, auch der

Kronprinz nicht. Dies ärgerte Schamschi-Adad doch ein wenig. Zumindest hatte er sehen wollen, was er so vehement zurückgewiesen hatte. Doch diesen Triumpf gönnte Semiramis ihm nicht. Dafür konnte sie um so genauer beurteilen, welcher Ehemann ihr verloren gegangen war. Er sah gut aus, der Kronprinz, das musste sie ihm lassen. Breitschultrig, durchtrainiert und jung war er mit tiefdunklem, welligem, nach hinten gekämmten, in den Nacken reichendem Haar und einem markanten, makellosem Gesicht, das ein kurzer, gepflegter Bart bedeckte. Doch das eigentlich Beeindruckende an ihm waren seine kohlschwarzen Augen, die, so schien es, Feuer entfachen konnten. In diese Augen blickend, wusste Semiramis plötzlich, dass sie an dem heutigen Abend ihrem Schicksal begegnete. Innerlich bebend, bewahrte sie nach außen hin die Fassung. Sie trank und aß wenig, und verabschiedete sich vom König schon sehr früh, da sie am nächsten Morgen in aller Frühe abreisen wollte. Mit leichtem Bedauern ließ der König sie ziehen.

In ihren Gemächern angekommen, warf sie die störenden Schleier beiseite, trat an die Balustrade ihres Fensters und schaute lange nachdenklich in den Garten des Palasts hinab. Sie musste an den Spruch der babylonischen Wahrsagerin denken, an Feuer und Wasser und ein Meer von Blut. Sollte wirklich alles so zutreffen? Sollte diese alte Frau am Ende wirklich ihre Zukunft gesehen haben.

Ein kurzer Tumult vor ihrer Tür ließ Semiramis aus ihren Gedanken hochschrecken. Einen kurzen Augenblick später wurde die Tür zu ihrem Gemach aufgerissen und Mutarris-Assur trat ein. „Es tut mir leid, Herrin. Der Kronprinz will dich sehen. Er ließ sich nicht abweisen, und ich habe keine Möglichkeit…"

„Schon gut, Mutarris-Assur. Du hast dein Möglichstes versucht. Sei es also. Ich kann es ihm nicht verwehren. Schließlich ist er der Herr in diesem Haus. Du, Zulla, bleibst bei mir. Ihr anderen zieht euch zurück."

Wenige Augenblicke später stand Schamschi-Adad in ihrem Gemach. Zynisch wollte er gerade zu einem Satz ansetzen, doch er brachte kein Wort hervor. Erstaunt blickte er in die blauesten Augen, die er jemals gesehen hatte, und ihm war, als ob eine große Schar Nymphen ihn auf den Grund des Meeres zogen, um ihn dort für immer gefangen zu halten.

„Mein Herr, was kann ich für dich tun? Was führt dich zu dieser späten Stunde in meine Gemächer?"

„Verzeih mir, Herrin Semiramis", begann Schamschi-Adad stotternd. „Ich muss gestehen, es war die Neugier, die mich zu dir führte. Ich wollte sehen, welche Frau mir mein Vater zur Gemahlin geben wollte. Und ich muss gestehen, ich bin überwältigt. Du bist so ganz anders, als ich dich mir vorgestellt habe. Ich glaube, jetzt kann ich meinen Vater verstehen."

„Es freut mich, Kronprinz, wenn ich dich nicht enttäuscht habe. Doch nun bitte ich dich zu gehen. Es ist spät, und ich möchte morgen früh abreisen."

Doch Schamschi-Adad rührte sich nicht. Wie angewurzelt stand er da und starrte sie an.

„Nun, ich weiß, warum ich einen Schleier trage, nämlich, um solche aufdringlichen Blicke zu vermeiden."

„Verzeih", stieß Schamschi-Adad beschämt hervor. „Du hast mich eben einfach überwältigt."

„Auch du, Hoheit, solltest dich zu Bett begeben. Wie ich hörte, hast du morgen früh ebenfalls eine weite Reise vor dir."

„Ja, ich ziehe morgen gegen Assur, um die Stadt mit ihrem alteingesessenen Adel und meinem abtrünnigen Bruder zu unterwerfen. Wünsche mir den Beistand Assurs und Ischtars für dieses Unternehmen."

„Ich werde dich in meine Gebete einschließen. Das verspreche ich dir."

„Ich danke dir. Und wenn die Götter mir Glück und Erfolg schenken und das Leben bewahren, dann, das schwöre ich dir, werden wir uns wiedersehen."

„Was immer die Götter beschließen werden. Gute Nacht, Prinz."

„Gute Nacht, Herrin Semiramis."

Wie traumwandelnd kehrte der Kronprinz in seine Gemächer zurück. Was war er nur für ein Narr gewesen, etwas abzulehnen, bevor er es überhaupt kennengelernt hatte. Diesen Fehler zu berichtigen würde nicht leichtfallen. Eine solch stolze Frau wie diese würde sich ihm, auch wenn er der Kronprinz war, nicht vor die Füße werfen.

Auch Semiramis fand in dieser Nacht kaum Schlaf. Sie wusste, sie war der Liebe ihres Lebens und ihrem Schicksal begegnet.

6.

Semiramis war glücklich. So frei und unbeschwert war ihr Leben schon lange nicht mehr gewesen. Seit sie mit ihren Söhnen, einem Teil ihres Hausstandes und ihren Diener auf das Landgut ihres verstorbenen Mannes gezogen war, konnte sie sich zum ersten Mal nach ihrer Heirat wieder völlig frei bewegen, war den Zwängen des Harems entflohen und Herrin ihrer selbst. Niemand konnte ihr sagen, was sie zu tun hatte. Als begüterte Witwe brauchte sie an eine erneute Heirat aus Versorgungsgründen nicht zu denken, noch hier, in der freien Natur des Landguts, sich den assyrischen Konventionen, die bei den Assyrern für Frauen sehr streng waren, unterwerfen. Sie liebte diese neugewonnene Freiheit und war nicht bereit, sie jemals wieder aufzugeben. Nur ein Wermuttropfen verdunkelte ihr Dasein. Sie war nicht dafür geschaffen ohne Liebe zu leben, ohne einen Mann in ihrem Bett, der die Frau in ihr zum Schmelzen brachte. Doch diese Liebe zu bekommen, ohne erneut zu heiraten und einem Mann Gewalt über sich zu geben, war fast unmöglich. So waren ihre Tage ausgefüllt mit der Verwaltung des Guts, der Erziehung ihrer Söhne und langen wilden Ausritten. Doch ihre Nächte waren leer und einsam. Aber vielleicht, so sagte sich Semiramis, war dies der Preis für ihre Freiheit.

Zuweilen strich noch immer Derketo nachts durch ihre Träume und lachte sie hämisch aus, bis Ischtar erschien und sie verjagte. Oft ritt Semiramis zu einem nahegelegenen See, warf Steine ins Wasser und verfluchte Derketo, die sie einfach nicht loslassen wollte.

Als sie an einem heißen Sommertag nach einem wilden Ritt wieder einmal am See zum Halten gekommen war, sich im Wasser den Schweiß vom Gesicht gewaschen hatte und schließlich, am Ufer sitzend, die vom See her wehende frische Brise genoss, näherte sich ihr ein Reiter. Misstrauisch blickte Semiramis ihm entgegen, die Hand am Griff ihres Dolches, den sie immer an ihrem Gürtel trug.

Als der Reiter nahe genug herangekommen war, glaubte sie ihren Augen nicht zu trauen. Vor ihr tauchte Schamschi-Adad auf, der Kronprinz. Lässig ließ er sich aus seinem Sattel gleiten und trat auf sie zu.

„Ich hatte dir versprochen, dich wiederzusehen, sobald ich meinen Auftrag für meinen Vater erledigt habe. Assur ist erobert, mein Bruder in Ketten. Hier bin ich."

Semiramis schluckte einen Augenblick schwer. Bei allen Göttern Assurs, er sah wirklich gut aus, dieser Kronprinz, glich einer geschmeidigen schwarzen Raubkatze, die auf sie zukam.

„Wozu, mein Herr?", fragte sie. „Wohin soll das führen?"

„Das weiß ich nicht. Aber ich weiß, dass ich während der ganzen Belagerung der Stadt Assur unermüdlich an dich denken musste. Deine blauen Augen haben mich Tag und Nacht verfolgt. Und so konnte ich gar nicht schnell genug machen, um mich zu vergewissern, dass deine Augen wirklich so blau sind, wie ich sie in Erinnerung behalten habe."

„Und?", fragte Semiramis.

„In Wirklichkeit sind sie noch viel schöner. Ich habe in den vergangenen Wochen bei vielen Frauen gelegen. Aber keine konnte mich dich vergessen lassen. Welchen Fluch hast du nur auf mich gelegt? Ich musste dich einfach wiedersehen."

„Gar keinen", antwortete Semiramis kurz und sachlich.

„Dann muss es die Liebe sein, die die babylonischen Dichter in ihren Versen besingen, an die ich aber nie habe glauben wollen."

Entschlossen trat er auf sie zu, fasste ihr offenes langes Haar, zog ihren Kopf zurück und suchte ihren Mund. Semiramis ließ ihn gewähren, blieb aber stocksteif stehen und erwiderte den Kuss nicht. Es kostete sie Mühe, die Beherrschung nicht zu verlieren, da etwas in ihr bei seiner Berührung zu schmelzen begann. Doch ihr war klar, dass sie die Fassung behalten und ihre Ehre wahren musste. Enttäuscht ließ Schamschi-Adad sie los.

„Du willst mich nicht?", stellte er kühl fest.

Semiramis lächelte. „Das, was ich sehe, könnte mir durchaus gefallen, Kronprinz. Doch was dahintersteht, gefällt mir nicht."

„Wie meinst du das?", fragte Schamschi-Adad verwirrt.

„Ich meine, dass ich dich wohl lieben könnte, aber der Thron und die Macht, die hinter dir stehen, die brauche und will ich nicht. Ich führe ein freies und ungebundenes Leben als Witwe."

„Und deine Nächte?"

„Sie sind einsam und kalt, da magst du wohl recht haben. Doch wiegt das Gefängnis eines Harems das auf? Ich glaube kaum."

„Lass uns jetzt nicht darüber reden, Semiramis. Ich bin Tag und Nacht geritten, um hierher zu dir zu kommen. Bitte weise mich nicht ab."

Wieder versuchte er sie zu küssen. Diesmal war ihr Mund weich und nachgiebig, dann fordernd und gierig. Niemals zuvor hatte er bei einer Frau solche Leidenschaft gespürt. Beide verschmolzen ineinander, wurden zu einem, als ob dies schon immer ihre Bestimmung gewesen sei. Er brachte in Semiramis jede Seite zum Klingen, Seiten, von denen sie nicht einmal geahnt hatte, dass sie in ihr waren. Sie sog ihm die letzte Kraft aus den Lenden, und trotzdem fühlte er sich hinterher so lebendig wie nie zuvor.

Schweigend lagen sie danach nebeneinander im Gras, langsam den brodelnden Vulkan in ihrem Innern abebben lassend.

„Ich war so dumm", meinte er schließlich. „Wenn ich auf meinen Vater gehört hätte, wärst du schon lange meine Gemahlin. Nun stehe ich hier und bitte dich, mit mir zu kommen. Wir gehören zusammen, Semiramis."

„So einfach ist das nicht, Schamschi-Adad." Semiramis setzte sich auf und starrte auf die kleinen Wellen des Sees. „In Assur herrscht noch immer Revolte, ausgelöst durch die Politik deines Vaters, der alle Einwohner seines Reichs gleichstellen will. Das passt dem alteingesessenen Adel nicht, darum hat er sich deinem Bruder angeschlossen. Was glaubst du würde geschehen, wenn du nun auch noch einen Niemand wie mich anstelle einer assyrischen Adligen nach Hause führen würdest. Die Empörung würde noch größer werden. Nein, mein Herr, das wäre keine gute Idee."

„Das ist mir gleichgültig. Ich will dich, nur dich. So etwas wie eben habe ich noch mit keiner anderen Frau erlebt, so viel Leidenschaft und Hingabe gespürt. Du bist für die Liebe geboren, Semiramis. Du sollst einmal meine Königin sein."

Semiramis schüttelte bedauernd den Kopf. „Ich gehöre nicht in diese Welt, in der geschlechtslose Wesen das Sagen haben, man als Frau eingesperrt und kontrolliert wird. Ich brauche meine Freiheit, sonst gehe ich kaputt. Kannst du das verstehen?"

„Ich werde dir geben, was du brauchst, das verspreche ich dir."

Wieder schüttelte Semiramis den Kopf und legte den Finger auf seinen Mund. „Lass uns jetzt nicht streiten, nicht nach dem, was wir eben erlebt haben. Lass es uns lieber noch einmal wiederholen."

Und noch einmal verschmolzen sie zu einem und wünschten beide, dieser Augenblick würde nie enden.

Als sie am Abend im Garten des Gutshofs beieinandersaßen, wiederholte Schamschi-Adad noch einmal seine Bitte. „Komm mit mir zurück nach Kalchu. Mein Vater verhandelt im Augenblick mit Babylon, weil er den Rücken frei haben will, um die restlichen abtrünnigen Städte zu unterwerfen. Ich glaube allerdings, dass das ein Fehler ist. Die Babylonier fordern zu viel für ihre Neutralität. Das hat zur Folge, dass wir, haben wir die Gegner in unseren eigenen Reihen erst einmal unterworfen, gegen die Babylonier ziehen müssen, um sie Respekt zu lehren. Ich kann darum nicht lange bleiben. Komm mit mir, Semiramis. Der Astrologe hatte recht. Wir gehören zusammen."

Traurig schüttelte Semiramis den Kopf. „Ich kann nicht, mein Prinz. Ich habe hier zwei Söhne, die ihre Mutter brauchen, und eine Freiheit, die ich an deiner Seite für immer verlieren würde. Du sagst selbst, dein Leben ist nichts als Mühe und Plage, Krieg und Unterwerfung. Noch schlimmer wird es werden, wenn du der König bist. Intrigen und Anfeindungen würden uns auf Schritt und Tritt verfolgen, ständig müsste ich in der Angst leben, dass du von einem deiner Feldzüge nicht zurückkämst. Das ist kein Leben für mich. Ich bedaure."

Zornig stieß Schamschi-Adad den Stuhl, auf dem er gesessen hatte, beiseite. „Gut, wie du willst. Ich könnte dich zwar zwingen, aber ich werde es nicht tun. Du musst wissen, welchen Weg du gehst. Der, der vor dir liegt, ist ein sehr einsamer mit unausgefüllten Nächten ohne Liebe. Ich hätte dich auf Händen getragen, dir jeden Wunsch von den Augen abgelesen. Aber gut. Ich werde morgen in aller Frühe zurück nach Kalchu reiten.

Mein Vater braucht mich dort. Leb wohl, Semiramis."
Gleich einem zornigen Raubtier stapfte er davon.
Zurück blieb eine nachdenkliche, in sich gekehrte
Semiramis. War ihr ihre Freiheit wirklich diesen Preis
wert, auf die Liebe ihres Lebens zu verzichten? Feuer
und Wasser konnten nicht zusammengekommen sein,
um sich für immer zu verlieren. Doch welchen anderen
Weg gab es? Noch war Semiramis nicht bereit, diesen
anderen Weg zu gehen.

7.

Der Vertrag mit dem babylonischen Reich stand. Assur
hatte für die Neutralität des Bündnispartners
erhebliche Zugeständnisse gemacht, wie
Gebietsabtretungen und auf Tributzahlungen
verzichtet. Salmanassar war mit dem Vertrag zufrieden,
doch Schamschi-Adad fühlte sich von den Babyloniern
erpresst und schwor sich, zu gegebener Zeit für diesen
Vertrag Rache zu üben. Gemeinsam mit Dajjan- Assur,
dem Turtanu, unterwarf er eine aufständische Stadt
nach der nächsten, bis der Aufruhr endgültig beseitigt
war und die Aufständischen ihre gerechte Strafe
erhalten hatten. Viele von ihnen wurden grausam
hingerichtet, die Familien enteignet und verbannt. Sein
aufständischer Bruder wurde vom Vater zu
lebenslanger Haft verurteilt, doch sowohl Salmanassar
als auch Schamschi-Adad wussten, dass er lebendig

eine Gefahr darstellte, die über kurz oder lang beseitigt werden musste.

Als Schamschi-Adad als siegreicher Feldherr nach Kalchu zurückkehrte, war seine Stellung als zukünftiger König gesichert. Doch glücklich war er nicht. So sehr er es auch versuchte, er konnte Semiramis nicht vergessen. Wie ein Raubtier im Käfig lief er im Palast umher, ohne zu wissen, was er tun könnte. Es war ihm nicht möglich, sie zu vergessen, also musste er sie wiedersehen. Widerstrebend wandte er sich schließlich an die Astrologen seines Vaters, um diesen um Rat zu fragen.

„Das ist eine gute Frage, mein Prinz", antwortete Nabu-apla. „Wenn ich ihr Horoskop ansehe, ist ihre leitende Gottheit Ischtar. Du weißt selbst, dass Ischtar viele widersprüchliche Seiten in sich vereint. Sie ist ebenso Liebes- wie Kriegsgöttin. Leidenschaft wie auch Freiheitsdrang sind beide stets gegenwärtig. Was obsiegt ist fraglich. Doch eure Lebensfäden werden sich vereinigen. Da bin ich ganz sicher. Vielleicht solltest du es einfach noch einmal versuchen. Zwei Jahre sind ins Land gegangen. In zwei Jahren kann sich manche Sichtweise verändern. Gewähre ihr die Freiheit, die sie braucht, und sie wird dir nützlicher sein als alle deine Berater. Enge sie ein, und sie wird dir entfliehen. Ein guter Tag für einen neuen Versuch ist der Neujahrstag. Das ist alles, was ich dir sagen kann."

Dajjan-Assur, der den Kronprinzen begleitet hatte, schüttelte den Kopf: „Es gibt so viele Frauen auf dieser Welt. Warum ausgerechnet diese eine? Manchmal glaube ich, du willst sie nur, weil sie die Einzige ist, die du nicht bekommen hast. Aber ist sie die Mühe wirklich wert?"

„Das verstehst du nicht", erwiderte Schamschi-Adad gereizt.

„Bring ihr ein paar Juwelen mit, und sie wird dir wie alle Weiber um den Hals fallen."

„Du verstehst es wirklich nicht", meinte Schamschi-Adad und ließ den Freund einfach stehen. Doch das Wort Geschenk blieb in seinem Gedächtnis zurück, und so fragte er sich, mit was er Semiramis tatsächlich eine Freude machen könnte. Juwelen oder Gold waren es mit Sicherheit nicht. Nach langem Überlegen kam ihm ein Gedanke. Mit diesem Geschenk konnte er vielleicht wirklich Gefallen finden.

Mit einem kleinen Trupp Soldaten traf er am Abend des Neujahrsfestes auf dem kleinen Landgut ein. Alle Bediensteten waren in der großen Halle versammelt, um den Beginn des neuen Jahres gemeinsam zu feiern. Nur Mutarris-Assur stand Wache haltend am Eingang der Gemächer seiner Herrin. „Lass mich vorbei", befahl der Kronprinz., „Ich möchte sie überraschen." Einen Augenblick zögerte Mutarris-Assur, doch dann nickte er.

Lange beobachtete Schamschi-Adad die auf der Balustrade des Fensters sitzende, in die Dunkelheit der Nacht verträumt blickende Frau, deren zierliche Silhouette sein Herz sofort höherschlagen ließ. Nein, nichts hatte sich verändert. Sie rief noch immer die gleichen Gefühle in ihm hervor, fing ihn mit ihrem Zauber ein und hielt ihn in ihrem Bann.

Für Semiramis waren die letzten zwei Jahre einsam gewesen. Nachdem Aphrodite ihren Schoss mit dem Odem eines richtigen Mannes berührt hatte, dem Schamschi-Adads, wusste sie, was es bedeuten konnte, bei einem Mann zu liegen, in leidenschaftlicher Umarmung ineinander zu verschmelzen. Sie sehnte sich nach ihm, seinem starken, muskulösen Körper, seinen wilden Küssen und zärtlichen Berührungen. Mit ihm war alles so ganz anders gewesen als mit Onnes. War es richtig gewesen, Freiheit gegen Liebe und Leidenschaft zu tauschen? Diese Frage stellte sie sich immer häufiger.

Zögernd wandte Semiramis den Kopf, spürte sie doch instinktiv, dass sie beobachtet wurde. Da stand er vor ihr, bedeckt mit Schweiß und Staub vom Ritt. Sie sah ihn, und ihre Augen begannen zu leuchten. Lächelnd erhob sie sich und sank vor dem Kronprinzen in die Knie, noch bevor dieser bei ihr war. Er hob sie zu sich empor, schloss sie in die Arme und küsste sie leidenschaftlich.

„Ich habe es wirklich versucht, Semiramis, aber ich kann dich nicht vergessen. Diesmal werde ich dich mitnehmen, ob du es willst oder nicht. Ich brauche dich."

Semiramis seufzte. „Auch ich habe dich vermisst. Ich habe lange darüber nachgedacht, und ich weiß es jetzt. Eine solche Liebe wie die unsere gibt es nur einmal im Leben. Und das Leben ist kurz, darum sollte man keinen Augenblick unnötig verschwenden. Ich liebe dich, liebe dich mehr als meine Freiheit."

„Die ich dir niemals nehmen werde, das verspreche ich dir."

Sie versanken ineinander, wurden eins, so eins, wie es nur zwei Menschen werden konnten, die im völligen Gleichklang miteinander waren. Erst im Morgengrauen schliefen sie erschöpft aber glücklich nebeneinander ein.

Nachdem sie ausgeschlafen und gefrühstückt hatten, fasste Schamschi-Adad Semiramis Hand: „Komm mit. Ich habe dir ein Brautgeschenk mitgebracht."

Er führte sie in den Stall, wo die schönste Stute stand, die Semiramis je gesehen hatte. „Sie ist ebenso schön und wild wie du. Ihr passt einfach perfekt zueinander."

Freudig überrascht sank Semiramis in seine Arme. „Das ist wirklich das schönste Geschenk, das ich jemals bekommen habe. Lass uns ausreiten, nur wir beide, gleich jetzt."

Als sie nach einem langen Ausritt auf das Gut zurückkamen, waren sie sich darüber einig, dass sie in drei Tagen nach Kalchu aufbrechen würden. Dort sollte an einem astrologisch günstigen Tag ihre Hochzeit stattfinden. Semiramis würde eigene Gemächer außerhalb des Harems erhalten und kommen und gehen können, wie ihr beliebte. Ihre beiden Söhne würde sie unter der Aufsicht des Eunuchen Satibara auf dem Gut zurücklassen. Von ihren Dienern würde sie nur Zulla und Mutarris-Assur nach Kalchu mitnehmen. Mit diesem Übereinkommen stand der Hochzeit der beiden nichts mehr im Weg. Sie wurde im Frühjahr in Kalchu mit einem großen Festgelage, an dem die ganze Stadt teilnehmen durfte, gefeiert. Ein Jahr später gebar Semiramis dem Reich den Thronfolger Adad-Narari.

8.

Für Semiramis war es nicht leicht, sich am Hof von Kalchu durchzusetzen. Alle sahen in ihr eine Fremde, von der niemand wirklich etwas wusste. Sie war die Frau des früheren Turtanu Onnes gewesen, und das hatte diesem kein Glück gebracht. Nun war sie die Frau des Marsarru, des Thronfolgers, und außer bei Salmanassar und Schamschi-Adad fand sie mit ihrem rebellischen Wesen nur wenig Anklang. Weder stand sie Schamschi-Adads Harem vor und beaufsichtigte die dort lebenden Frauen, noch umgaben sie Eunuchen, wie es sich für eine verheiratete Frau gehört hätte.

Dann trug sie fast immer diese ungewöhnlichen Pumphosen. Obwohl viele der adligen Assyrerinnen dieser Mode folgten, beargwöhnten sie die Frau des Marsarru, die sich Freiheiten nahm, die vor ihr keine Kronprinzessin gehabt hatte. Auch ihr Verhältnis zu Schamschi-Adad war ungewöhnlich. Wenn er in Kalchu weilte, verbrachten beide fast jede Nacht miteinander. Und nachdem der Thronfolger ein Jahr zählte, begleitete Semiramis ihren Gemahl auf fast jeden Feldzug. Auch das sorgte für Gerede. Zwar war es üblich, dass die Offiziere ihre Frauen auf längeren Kriegszügen bei sich hatten, doch der Kronprinz und seine Gattin steckten ständig beieinander, und Schamschi-Adad erörterte alle strategischen Überlegungen mit seiner Frau. Dies stieß bei den Offizieren immer häufiger auf Unverständnis.

So zog der Turtanu Dajjan-Assur den Marsarru eines Tages beiseite. „Mein Prinz. Ich muss mit dir reden. Vielleicht solltest du das Verhältnis zu deiner Frau doch ein wenig überdenken. Ihr seid in Kalchu ebenso wie hier ein allgemeines Gesprächsthema."

„Und worüber sprechen meine Untertanen?"

„Darüber, dass du nichts mehr ohne sie tust. Darüber, dass dieser Mutarris-Assur, ein nicht Kastrierter, ständig in ihrer Nähe ist, dass alle Männer ihrer Leibwache, wohl gemerkt, die Kronprinzessin hat ihre eigene Leibwache, nicht kastriert sind, dass du alles mit ihr beredest und es für viele den Anschein hat, als ob sie dich beherrscht und nicht du sie. Den adligen Frauen und Töchtern in Kalchu ist sie fremd und bleibt sie fremd, weil sie sich nicht mit ihnen abgibt, sondern lieber ausreitet oder jagen geht. Ich meine es gut, Kronprinz, zügle sie."

Zornig brauste der Kronprinz auf: „Misch dich nicht in meine Ehe. Die geht nur Semiramis und mich etwas an."

„Ich will mich gewiss nicht einmischen, aber du solltest trotzdem wissen, was die Menschen über euch reden. Manche sagen gar, sie hat dich verhext, denn seit du mit ihr verheiratet bist, hast du deinen Harem nicht mehr ein einziges Mal aufgesucht. Aber auch diese Frauen haben ein Recht auf dich. Denk darüber nach. Löse dich aus ihrer Umklammerung."

„Ich hoffe, dein Rat war freundschaftlich gemeint, denn sonst könnte dein Kopf leicht rollen. Ich schätze dich als Turtanu, Feldherren und Freund und würde dich nur ungern entlassen. Also halte dich aus meiner Ehe heraus, ein und für alle Mal."

Dajjan-Assur nickte, verneigte sich vor dem Marsarru und ging. Für ihn stand fest, Semiramis musste den Kronprinzen verhext haben. Anders war diese Abhängigkeit Schamschi-Adads von ihr nicht zu erklären. Doch nicht nur ihn, auch ihren Schwiegervater Salmanassar musste sie seinerzeit vor Baktra mit einem Zauber belegt haben. Was sonst könnte diesen großen und weisen König dazu gebracht haben, sie unter allen möglichen vornehmen, adligen Frauen des Reichs für seinen Sohn erwählt zu haben. All dies erschien ihm mehr als nur fragwürdig. Doch mehr als warnen konnte er nicht.

Ein Eilkurier sprengte gerade ins Feldlager, als Dajjan-Assur sein Zelt betreten wollte. Der Reiter hielt vor dem Zelt des Kronprinzen und verlangte diesen sofort zu sehen. „Eine dringende Nachricht aus Kalchu für Schamschi-Adad."

Der Bote wurde vorgelassen, und wenig später erging die Aufforderung an alle Offiziere, sich im Kommandozelt einzufinden.

„Meine Herren," begann der Marsarru seine Rede sichtlich aufgewühlt. „Ich habe soeben aus Kalchu die Nachricht erhalten, dass mein Vater, der König, im Sterben liegt. Ich werde morgen früh mit einer kleinen Begleittruppe das Heer verlassen und nach Kalchu zurückreiten. Du, Dajjan-Assur, wirst den begonnenen Feldzug hier in Nairi zu Ende führen. Ich übertrage dir hiermit alle Befehlsgewalt. Das war es, meine Herren. Beten wir zu unserem Gott Assur, unserem Herr und Gebieter, für den König und seine Gesundheit. Möge er uns sein Verweilen auf Erden noch ein wenig schenken, bevor die Göttin Ereschkigal ihre Schwingen über ihn ausbreitet, um ihn in die Arallu zu geleiten."

Schon am nächsten Morgen machten Schamschi-Adad und Semiramis sich auf den langen Heimritt, ständig in der Sorge, dass sie zu spät kommen würden, dass Salmanassar bereits gestorben sein könnte, bevor sie Kalchu erreichten.

Doch der große König, der Herr der vier Weltteile, der über 34 Jahre die Geschicke des assyrischen Reichs bestimmt hatte, wartete, um von seinem Sohn Abschied zu nehmen. Wären die letzten fünf Jahre nicht gewesen, in denen er die meiste Zeit damit hatte verbringen müssen, den Aufruhr in seinem Reich niederzuschlagen, er hätte mit seinem Lebenswerk durchaus zufrieden sein können. Da er es in seinen letzten Jahren des Alters wegen aufgegeben hatte, selbst seine jährlichen Feldzüge anzuführen, sondern diese Aufgabe Dajjan-Assur und Schamschi-Adad übertragen hatte, war er sicher, ein geordnetes Reich, unermesslich in seinen Ausdehnungen, mit einem fähigen Nachfolger zu hinterlassen.

„Du musst versuchen, die Aussöhnung zwischen den Völkern, die ich begonnen habe, fortzuführen, mein Sohn. Halte mit dem babylonischen Reich Frieden. Unsere Völker stehen sich nahe, unsere Götter ähneln sich, und in Dichtung und Kunst sowie den Wissenschaften können wir viel von ihnen lernen. Erobere die Welt weiter, mein Sohn, aber halte dich von Babylon fern. Führe deine Untertanen mit harter Hand, lass Gnade nur zu, wenn sie verdient ist, und strafe den hart, der sich dir nicht unterwirft. Dann wird deine Herrschaft für Assur ein Gewinn sein." Dies waren die letzten Worte Salmanassars an seinen Sohn, bevor er die Augen für immer schloss.

Schon am nächsten Tag formierte sich ein Trauerzug, der den Leichnam des verstorbenen Herrschers in die alte Reichshauptstadt Assur überführen würde, der Stadt, in der alle Könige Assurs ihre letzte Ruhe gefunden hatten. Im Keller des alten Palasts wurde der Sarkophag Salmanassars aufgestellt. Danach wurden im Tempel des Gottes Assur erst die Trauerfeierlichkeiten für den verstorbenen König abgehalten und gleich darauf die Vorbereitungen für die Krönung des neuen ersten Dieners des Gottes Assur vorbereitet.

Die Krönungsfeierlichkeiten zogen sich drei Tage in die Länge. Während dieser wurde Schamschi-Adad im Tempel die Krone Assurs aufs Haupt gesetzt, und der neue König bestand darauf, seine Gemahlin zur Königin des Reichs Assur zu krönen, eine Huldigung, die bisher nur wenigen Königsgattinnen zuteil geworden war. Mit der Königinnenkrone wurde Semiramis der Königinnenname Sammuramat verliehen, den sie von nun an tragen würde.

Überall in der Stadt wurde gefeiert. Auf allen Altären der Stadt brannten Opferfeuer. Die Priester wurden nicht müde, Vieh zu Ehren Assurs, Enlils, Sins, Schamaschs, Adads und Ischtars zu schlachten und im Opferfeuer zu verbrennen. Auf den Straßen gab es kostenlos Freibier und Wein, ein Fest, das keiner so schnell vergessen würde.

Vom Dach des neuen Palasts in Assur aus schauten Schamschi-Adad und Sammuramat auf die Wellen eines Seitenkanals des Tigris, die gegen die Mauern des Burggrabens schlugen.

„Nun beginnt eine neue Ära, meine Königin. Jetzt ist unsere Zeit, und wir werden sie nutzen, um Assurs Macht zu stärken und zu vergrößern."

„Aber lass uns mit Bedacht vorgehen, mein Geliebter. Jeder Krieg kostet Menschenleben und bringt Not, Elend, Leid. Wir können mehr. Wir können die Menschen glücklich machen."

Ob Sammuramats Worte Schamschi-Adad erreichten, wusste sie später nicht zu sagen. Er nickte zwar. Aber hatte er sie auch wirklich gehört und verstanden?

Sammuramat blickte hinüber zu dem Terrassentempel von Anu und Adad, dann weiter zum alten Palast, in dem ihr Schwiegervater Salmanassar vor wenigen Tagen seine letzte Ruhe gefunden hatte. Insgeheim wünschte sie sich, die Zeit würde in diesem Augenblick stehen bleiben und das Glück, das sie gerade empfand, für immer festhalten. Sie, die Tochter einer gefallenen Priesterin Derketos war Königin der Assyrer. Niemals hätte sie dies für möglich gehalten. Ihr Mann liebte und achtete sie, und ihr Sohn entwickelte sich prächtig. Konnte wahres Glück vollkommener sein? Nur, wie lange würde dieser scheinbare Frieden währen? Sammuramat wusste es. Nicht lange vermutlich. Ein

König hatte niemals Ruhe, musste er doch ständig durch Worte und Taten seine Präsenz beweisen.

9.

Zehn Jahre waren seit der Krönung Schamschi-Adads ins Land gegangen, teils glückliche, teils stürmische, teils widersprüchliche Jahre. Im ersten, zweiten und dritten Regierungsjahr hatten Schamschi-Adad und Sammuramat erneut Krieg gegen Nairi geführt und die Grenzen Assurs im Nordosten gegen das immer mächtiger werdende Urartu gesichert. Unter der Führung Mutarris-Assurs wurden 300 Städte und 200 Dörfer Nairis zerstört, die Bewohner getötet und die erbeuteten Güter nach Assur gebracht.

In den nächsten Jahren wandten sie sich den Medern im Osten zu. Auch hier brachten die assyrischen Heere Tod, Vernichtung, Zwangsumsiedlung und Sklaverei. Mit reicher Beute an Gold, Silber, Zinn, Kupfer, ihren Herden, Eseln, Schafen, Zugpferden und Kamelen kehrte das assyrische Heer Jahr für Jahr zurück. Als auch von Osten her keine Gefahr mehr drohte, wandte sich Schamschi-Adad seinem eigentlichen Ziel zu, Babylon. Den erniedrigenden Friedensschluss mit dem Nachbarn während der Revolte gegen seinen Vater hatte der König nicht vergessen. Der große Rat stimmte seinem Vorhaben ohne Einwand zu, doch Sammuramat warnte: „Du solltest dir nicht alle Völker zum Feind machen, mein Gemahl. Bedenke, wenn Babylon, Medien und Elam sich miteinander verbünden, stehen wir einem Feind gegenüber, den wir vielleicht nicht mehr bezwingen können. Wir sollten uns nicht ganz isolieren."

„Das wird niemals geschehen. Glaube mir, Sammuramat. Diese Völker sind zu verschieden und jedes so sehr auf seinen Vorteil bedacht, dass sie niemals auf die Idee kämen, sich gegen Assur zusammenzuschließen. Aber der erniedrigende Friedensschluss meines Vaters mit Babylon muss revidiert werden. Mein erster Feldzug wird mich in die Grenzregionen Babylons führen. Wir werden den Fluss Zabban überqueren, den Bergpass zwischen Zaddi und Zabban erklimmen und die Stadt Me Turnat samt Umgebung erobern. Dies wird die erste Warnung an König Marduk-balassen-iqbi von Babylon sein."

Der Feldzug wurde ein voller Erfolg für Schamschi-Adad. Ohne auf große Gegenwehr zu stoßen, wurden die Stadt und deren umliegende Dörfer erobert, zerstört, verbrannt, der Besitz der Bewohner eingezogen und die Bewohner selbst deportiert. Damit war das assyrische Heer an den Grenzen Babylons angekommen.

Die Kampagne des nächsten Jahres führte die assyrischen Truppen erneut an die Grenze Babylons. Didiban wurde erobert, Datebi und Izduja belagert, überrannt und niedergebrannt, die Einwohner, wer nicht rechtzeitig fliehen konnte, getötet, ebenso wie die umliegenden Dörfer, Plantagen und Felder niedergebrannt wurden. Die in die Festung Qiribtu Geflohenen wurden verfolgt, die Festung erobert, zerstört und deren Bewohner ausnahmslos erschlagen.

Im darauffolgenden Kampagnenjahr fielen Schamschi-Adads Truppen dann endgültig, nachdem sie alle Grenzfestungen in ihrer Hand hielten, in Babylon ein. Die königliche Stadt Dur-Papsukkal, inmitten von Seen gelegen, wurde nach heftiger Gegenwehr des Feindes von den assyrischen Truppen genommen. 13.000 feindliche Tote zählten die Assyrer beim Einzug ihres Heers, nur 3000 gerieten in Gefangenschaft. Alle Güter der Stadt, der königliche Schatz, Mobiliar des Palasts und der Harem wurden nach Assur gebracht, ebenso wie die Tempel geleert und die darin wohnenden Götter nach Kalchu entführt und damit entweiht wurden. Besonders das Entfernen der Götterstatuen hielt Sammuramat für ein Sakrileg und warnte Schamschi-Adad davor, die Götter durch diesen Frevel zu erzürnen. Doch diesmal hörte der König in seinem Siegestaumel nicht auf die Königin.

Auf der gegenüberliegenden Seite des Flusses Daban wartete der babylonische König auf den nicht mehr zu vermeidenden Aufeinanderprall seiner durch Truppen aus Kaldu, Elam, Namri und Arumu verstärkten Armee mit dem assyrischen Heer. Die Schlacht war lang und erbarmungslos. Am Ende füllten 5000 getötete

Babylonier den Fluss und 2000 Gefangene wurden vor den König geführt und versklavt. Auch die Kampagne dieses Jahres konnte Schamschi-Adad als großen militärischen Erfolg für sich verbuchen. Vergeblich versuchte Sammuramat nach der Heimkehr der assyrischen Truppen Schamschi-Adad zu einem Friedensvertrag mit dem König von Babylon zu bewegen. Ihr Mann war fest dazu entschlossen, Babylon vollständig niederzuwerfen, seine Rache voll auszukosten, bevor er zu Gesprächen bereit sein würde. Sammuramat liebte und vergötterte ihren Gemahl, den sie liebevoll ihren schwarzen Panther zu nennen pflegte. Doch in dieser Hinsicht konnte sie ihn nicht verstehen.

„Dein Ehrgeiz wird dir noch eines Tages das Genick brechen, mein König. Denk an deinen Sohn. Er braucht dich."

„Keine Sorge, meine Königin. Mich schützt unser Gott Assur, dessen ergebener Diener ich bin. Mir wird nichts passieren." Damit war für Schamschi-Adad das Thema beendet.

Die Kampagne des nächsten Jahres stieß direkt auf das Gebiet Babylons vor. Die Städte Qarne, Padnu und Makurrite fielen ohne große Gegenwehr an die Assyrer. Die Götter der Städte ließ Schamschi-Adad nach Kalchu überführen, die Städte machte er dem Erdboden gleich. König Marduk-balassen-iqbi, der sich in Gananata verschanzt hatte, floh aus der Stadt nach Nemetti-

Scharri, wo er von den Assyrer gefangengenommen und nach Kalchu gebracht wurde. Weiter zog Schamschi-Adad mit seinem Heer in das Land Deru, in dem eine Rebellion gegen ihn stattgefunden hatte. In nur wenigen Tagen warf er den Aufstand nieder, nahm die Aufständischen gefangen und verbrachte sie nach Ninive, wo sie auf dem Marktplatz öffentlich gehäutet und ihre Häute an den Stadtmauern der Stadt aufgehängt wurden, als Abschreckung für all jene, die glaubten, die Macht des Gottes Assur nicht fürchten zu müssen.

Zurück in Kalchu wurde König Marduk-balassen- iqbi in Ketten vor den Thron des Königs geführt. Auf Knien erwartete er das Urteil des Assyrerkönigs.

Lange hatten Sammuramat und Schamschi-Adad am Abend zuvor über das Schicksal des Königs debattiert. Der Rat hatte sich eindeutig für eine öffentliche Pfählung des Königs als Exempel ausgesprochen, doch Sammuramat riet dringend davon ab.

„Was hat er anderes verbrochen, als sein Land zu verteidigen, in das wir eingefallen sind? Stelle dir vor, es wäre umgekehrt, und du wärst jetzt an seiner Stelle. Und einen König öffentlich hinrichten zu lassen, ist immer ein schlechtes Omen. Der König ist der Stellvertreter seines Gottes in dieser Welt. Niemand sollte die Götter so mit Füßen treten. Und Marduk ist ein mächtiger Gott. Bedenke dies, bevor du ein Urteil fällst."

Schamschi-Adad seufzte. „Was würdest du an meiner Stelle tun?", fragte er, die Antwort Sammuramats bereits ahnend.

„Er ist ein schwacher König, und darum ist er ungefährlich. Ich würde ihn als Zeichen des guten Willens begnadigen. Ein anderer als er könnte uns in der Zukunft viel mehr Verdruss bereiten."

„Und der Rat wird sagen, dass ich wieder einmal auf die weibliche Großmut meiner Frau gehört habe."

„Ja, vor allem Dajjan-Assur wird sich den Mund zerreißen. Der Mann hasst mich und lässt keine Gelegenheit aus, über mich herzuziehen."

„Du übertreibst, Sammuramat. Er ist ein Mann, dessen Erziehung eine Frau eben in die Wände des Harems verbannt, wo sie mit ihren Gefährtinnen Intrigen spinnen kann. Außerhalb des Harem hat eine Frau kein Mitspracherecht, da er jeder Frau die Fähigkeit abspricht, politisch weitblickend zu denken. Aber so denken die meisten Assyrer. Da ist er keine Ausnahme."

„Ich weiß. Ich will dir auch nicht dreinreden. Aber du hast mich nach meiner Meinung gefragt, und ich habe sie dir gesagt."

Damit war für Sammuramat die Angelegenheit erledigt. Manchmal hörte Schamschi-Adad auf sie, manchmal eben nicht.

Widererwartend hatte Schamschi-Adad sich nach eingehender Überlegung der Meinung seiner Frau angeschlossen und die Empfehlung des Rats verworfen.

„Stehe auf, König Marduk-balassen-iqbi von Babylon. Nach eingehender Überlegung habe ich beschlossen, dich zu begnadigen, unter der Voraussetzung eines erneuten Treueschwurs dem Gott Assur und seinem König gegenüber. Danach kannst du nach Hause ziehen. Darüber hinaus verpflichtest du dich allerdings auch dem Gott Assur zur regelmäßigen jährlichen Tributzahlung."

Die Gesichtszüge des Königs entspannten sich. Er hatte mit einem grausamen Tod gerechnet. Auf solche Milde zu treffen, war er vom Staat Assur und seinen Königen nicht gewohnt. Ganz anders verhielt es sich mit dem Turtanu Dajjan-Assur. Leise fluchend verließ er den Kronsaal. Diesem König war bald nicht mehr zu helfen. Obwohl ein genialer Feldherr, Krieger und Eroberer, vermochte er sich nicht aus den Fängen seiner sanftmütigen Frau zu befreien. Das musste irgendwann Auswirkungen auf den Staat haben. Doch dieses Mal würde er der Nachgiebigkeit der Königin einen Strich durch die Rechnung machen. In aller Heimlichkeit beauftragte Dajjan Assur einige seiner besten Soldaten, König Marduk-balassen-iqbi auf dem Heimweg zu überfallen und umzubringen. Auf diese Weise würde der Frieden mit Babylon keinen Bestand haben und die Stadt konnte endgültig erobert werden.

Dajjan-Assur sollte recht behalten. Als der Tod des babylonischen Königs bekannt wurde, wählten die Babylonier einen neuen König, Baba-acha-iddina. Dieser widerrief sofort nach seiner Krönung die mit Assur getroffenen Absprachen. Schamschi-Adad seinerseits erkannte diesen neuen König nicht an, da er ohne seine Zustimmung eingesetzt worden war. Wieder stand ein Krieg bevor, doch diesmal begnügte Schamschi-Adad sich nicht damit, die Grenzen Babylons anzugreifen, diesmal stieß er ins Zentrum der babylonischen Macht vor, der Stadt Babylon. Nach einer wochenlangen Belagerung ergab sich die Stadt den Besatzern, ihr König wurde mit seiner gesamten Familie dem assyrischen König übergeben, der diese nach Assur bringen ließ.

Beeindruckt von der Baukunst der Babylonier besuchte Schamschi-Adad die heiligen Städten von Babylon, Borsippa und Kuta, opferte den dort ansässigen Göttern und zog dann weiter ins Land der Chaldäer, um den jährlichen Tribut von den regierenden Scheichs einzufordern. Danach kehrte er zufrieden mit dem Erreichten nach Hause zurück. Er hatte Babylon erobert und den Babyloniern einen Friedensvertrag abgepresst, der ausschließlich den assyrischen Interessen zugutekam. Dass dies keine Voraussetzung für einen langwährenden Frieden sein konnte, wusste Sammuramat sofort. Doch diesmal ließ sich Schamschi-Adad zu keinem Umdenken bewegen. Den gewählten König Babylons ließ er mit seiner gesamten Familie vor dem Tempel Assur in der alten Reichshauptstadt pfählen, auch wenn Sammuramat immer wieder darum bat, wenigstens die Kinder zu schonen oder wenigstens einen schnellen und schmerzfreien Tod sterben zu lassen. Der erneute Aufruhr in Babylon gegen den erpressten Friedensvertrag und die Notwendigkeit, erneut gegen Babylon ins Feld ziehen zu müssen, hatten Schamschi-Adad so sehr erbost, dass er keine Gnade kannte.

Der fünfte Feldzug gegen Babylon stand unmittelbar bevor, als immer wiederkehrende Alpträume Sammuramat zu plagen begannen. Schweißgebadet schreckte die Königin jede Nacht aus dem Schlaf, nachdem die längst vergessen geglaubte, weiße Frau wieder in ihren Träumen auftauchte und den König lächelnd mit sich in die Tiefe des Wassers zog. Lange schwieg Sammuramat, doch schließlich musste sie ihr Schweigen brechen: „Geh nicht! Bitte bleib diesmal zu Hause und sende den Turtanu an deiner statt. Ich bitte dich, mein Geliebter. Ich habe so schreckliche Alpträume und schlimme Ahnungen."

Lächelnd schaute Schamschi-Adad seine Frau an. „Vertraue mir, Sammuramat. Mir wird nichts geschehen. Wie jedes Mal werde ich als Sieger heimkehren. Und dann hoffe ich, dass Babylon endgültig besiegt ist."

Doch so sehr Sammuramat auch glauben wollte, ihre Ahnungen wichen nicht. Darum rief sie Mutarris-Assur kurz vor dem Aufbruch des Königs zu sich: „Ich möchte dich bitten, den König diesmal vor die Tore Babylons zu begleiten. Pass auf ihn auf und schütze sein Leben, so wie du sonst das meine schützt. Mich plagen, seit ich weiß, dass er erneut gegen Babylon zieht, schreckliche Ahnungen. Ich weiß, ich kann mich auf dich verlassen. Pass auf ihn auf und bring ihn mir unversehrt zurück."

„Du kannst dich wie immer auf mich verlassen, meine Königin. Ich werde alles Menschenmögliche tun, um deinen Wunsch zu erfüllen und bürge mit meinem Leben für seine Sicherheit und Unversehrtheit."

Wenig beruhigt nickte Sammuramat. „Ich weiß, ich kann mich auf dich verlassen. Doch letztendlich bestimmen die Götter unser Los. Ich werde zu Assur täglich beten, dass er seine Hand schützend über den König, seinen treuen Diener, hält. Ich danke dir, Mutarris-Assur. Du bist immer treu zu mir gestanden. Das werde ich dir nie vergessen." Damit war der Befehlshaber ihrer Leibwache entlassen.

Seit Schamschi-Adad nach Babylon aufgebrochen war, verging kein Tag, an dem Königin Sammuramat nicht im Tempel zu Assur oder Ischtar betete, um für einen glücklichen Ausgang des Feldzugs zu bitten. Doch es wollte ihr nicht gelingen, ihre Alpträume und bösen Vorahnungen zu verscheuchen. So ließ sie ein schrecklicher Schmerz in der Brust eines Nachts kreidebleich aus dem Schlaf schrecken. Vor sich sah sie den Geist Schamschi-Adads, der gekommen war, um von ihr Abschied zu nehmen. Ganz deutlich, mit traurigen Augen, stand er vor ihr, um dann langsam im Dunkel der Nacht zu verschwinden. Sammuramat wusste, ihr Gemahl war tot, in diesen Augenblicken für immer von dieser Welt gegangen. Ereschkigal, die Todesgöttin, hatte ihn mit sich in die Arallu genommen. Ein Entsetzenschrei entwich ihrer Kehle. Schluchzend brach die Königin in sich zusammen. Wie sehr hatte sie diesen Mann geliebt. Niemals mehr würde ein anderer Mann ihr so viel bedeuten können. Eine solche Liebe wie die ihre konnte es im Leben zweier Menschen nur einmal geben. Die Zukunft erschien der Königin leer und sinnlos. Nur ein Gedanke konnte den Schmerz in ihrem Innern etwas besänftigen – ihr Sohn. Unter allen Umständen musste sie ihn schützen und ihm die Macht bewahren.

Im Feldlager bemühten sich die Ärzte des Königs mit betroffenen Minen, das Leben des Königs zu retten. Ein verirrter Pfeil hatte sich während des Kampfs vor den Mauern Babylons in Schamschi-Adads Brust gebohrt und ihn lebensgefährlich verletzt. Die Lunge schien verletzt, und das Atmen fiel dem König zusehend schwerer.

„Ruft Mutarris-Assur zu mir und lasst uns allein." Als der General und Befehlshaber der königlichen Wache vor dem auf seinem Feldbett liegenden König niederkniete, wusste er sofort, dass es keine Aussicht auf Heilung für den noch so jungen König gab. Das bleiche Gesicht, der rasselnde Atem, all das kannte Mutarris-Assur von Verletzungen seiner Soldaten aus unzähligen Feldzügen.

„Hör mir jetzt genau zu, Mutarris-Assur. Ich habe von meinem Schreiber mein Testament vorhin unter vier Augen aufsetzen und siegeln lassen. Nimm dieses Schreiben und meinen Siegelring und reite damit unverzüglich zur Königin. In diesem Schreiben bestimme ich meinen Sohn zu meinem Nachfolger und meine Gemahlin zur Regentin bis zu seiner Volljährigkeit. Du musst sofort reiten und den Vorsprung vor den anderen nutzen. Die Königin muss erfahren, was geschehen ist, bevor es am Hof bekannt wird. Sie wird den Vorsprung zu nutzen wissen. Reite sofort los und sage ihr, dass ich sie mehr als alles auf der Welt geliebt habe. Geh! Steh ihr in dieser schweren Stunde bei. Beschütze sie und meinen Sohn."

„Ich werde deinen Auftrag sofort ausführen, mein König."

„Und ich werde versuchen, noch ein wenig am Leben zu bleiben, damit dein Vorsprung groß genug ist," versuchte Schamschi-Adad zu scherzen.

Mitten in der Nacht traf Mutarris-Assur im Palast von Kalchu ein. Unverzüglich ließ er sich bei der Königin melden. Als er das Gemach der Königin betrat, sagte ihm ein Blick auf Sammuramat, dass die Königin bescheid wusste. Verzweifelt fiel er vor Sammuramat auf die Knie: „Verzeih mir, meine Königin. Ich habe versagt. Ich konnte deinen Gatten nicht beschützen. Ein verirrter Pfeil traf ihn vor den Mauern Babylons in die Brust. Seinen letzten Auftrag hat er mir erteilt, nämlich dies Testament und seinen Siegelring zu dir zu bringen, damit du ausreichend Zeit hast, die Macht für euren Sohn zu sichern, bevor der Hof von seinem Tod erfährt." Mutarris-Assur reichte der Königin Schreiben und Siegelring. „Ich habe versagt, meine Königin. Nimm mir mein Leben. Lass mich auf eine dir angemessen erscheinende Art sterben. Ich habe es verdient."

„Rede keinen Unfug, Mutarris-Assur. Die Götter hatten seinen Tod beschlossen. Kein Mensch kann gegen ihren Willen bestehen. Weder ich noch du hätten ihn darum retten können. Und niemals habe ich mehr deiner Hilfe bedurft als jetzt. Wirst du auch nach dem Tod des Königs zu mir stehen?"

„Ich würde jederzeit mein Leben für dich geben, meine Gebieterin. Sage mir, was ich tun soll, und es wird geschehen."

„Ich danke dir, mein Freund. Rufe für morgen früh den großen Rat im Thronsaal zusammen. Lege noch heute Nacht die königlichen Insignien für meinen Sohn bereit. Wir müssen sie alle morgen früh mit unserem konsequenten Handeln überfahren und meinem Sohn die Krone sichern. Rufe die gesamte Leibwache zusammen. Sie sollen im Thronsaal Stellung beziehen, falls es zu einem Aufruhr kommt."

Mutarris-Assur nickte. Er verstand sofort, was die Königin, deren verquollene Augen für ihren Gemütszustand sprachen, vorhatte. Sie musste schon länger gewusst haben, dass Schamschi-Adad tot war. Die beiden hatten sich so geliebt, dass Raum und Zeit für diese Liebe keine Rolle gespielt hatten.

Als Sammuramat am nächsten Morgen in tiefe Trauergewänder gehüllt, das Gesicht hinter einem Schleier verborgen, den Thronsaal betrat, war alles von Mutarris-Assur nach ihren Befehlen vorbereitet worden, die Leibwache kampfbereit im Saal. Ein allgemeines Murmeln ging durch den Thronsaal. Etwas Bedeutendes musste passiert sein. Doch nicht nur Fragen, auch Angst beherrschte das Geschehen, denn die Leibwache des Königs und der Königin riefen Verunsicherung hervor.

Lange hatte Sammuramat an diesem Morgen mit ihrem Sohn gesprochen, ihm vom Tod des Vaters erzählt, seine Tränen getrocknet und ihm dann klar gemacht, dass er heute stark sein müsse, um den letzten Wunsch seines Vaters zu erfüllen und unmissverständlich seinen Machtanspruch auf den Thron Assurs geltend machen sollte. „Du ehrst damit deinen Vater und erfüllst seinen letzten Wunsch. Alle müssen sich heute vor dir verneigen und dir Treue schwören im Namen des Gottes Assur, dessen Vertreter du bist. Du darfst nicht ängstlich erscheinen und auch nicht weinen. Dein Vater erwartete das von dir. Hast du mich verstanden, mein Sohn? Wenn alles vorüber ist, können wir uns unseren Gefühlen hingeben. Doch jetzt müssen wir beide stark und unerschrocken sein, das wünscht dein Vater, der jetzt einen Platz neben Assurs Thron innehat und uns beobachtet." Adad-Narari nickte.

„Ich werde meinem tapferen Vater Ehre machen."

„Dann gehen wir jetzt, und du setzt dich ohne Zögern auf den Thron deines Vaters und machst eine unbewegte Mine. Alles andere überlasse mir."

Gemeinsam betraten sie den Thronsaal, in dem sich alle führenden Großen des assyrischen Reichs versammelt hatten. Unerschrocken ließ Sammuramat ihren Sohn auf dem Thron des Vaters Platz nehmen, bevor sie den Platz der Königin einnahm und mit lauter Stimme zu verkünden begann: „Meine ehrenwerten Großen des Reichs des Gottes Assur, dessen Diener wir alle sind. Ich habe heute Nacht die traurige Mitteilung erhalten, dass unser von uns allen geliebter König Schamschi-Adad vor den Mauern Babylons von einem Pfeil tödlich getroffen wurde. Der König weilt nicht mehr unter uns. Mit letzter Kraft ließ er mir diese Botschaft und seinen Siegelring zukommen." Sammuramat hielt beides empor und reichte das Schreiben dann an ihren Herold weiter. „Verlies den

Großen des Reichs die letzten Worte des Königs." Der Herold tat wie geheißen.

„Ihr habt die Worte eures Königs vernommen. Zu seinem Nachfolger hat er Adad-Narari bestimmt. Wir sind heute hier zusammengekommen, um unserem neuen König, jeder Einzelne von euch, die Treue zu schwören. Sollte jemand Bedenken haben, seinem neuen König zu vertrauen und bis in den Tod zu folgen, dann möge er den Saal jetzt verlassen. Er wird damit all seiner Ämter verlustig und aus der Stadt Kalchu auf Lebenszeit verbannt. Alle anderen aber mögen einzeln vortreten und dem König schwören."

Ein allgemeines Geraune erfüllte den Saal. Stimmen wurden laut. Die Leibwache der Königin griff kampfbereit zu den Griffen ihrer Schwertern.

Nergal-ilaja, im Amt des Palastherolds einer der vier führenden Großen des Reichs, trat als erster vor und schwor dem jungen König die Treue. Seinem Beispiel folgten einer nach dem anderen. Keiner wagte Widerspruch, die einen aus Loyalität dem verstorbenen König gegenüber, die anderen aus Furcht. Es dauerte Stunden, bis jeder seinen Treueschwur dem jungen König geleistet hatte. Selbst Dajjan-Assur senkte schließlich als einer der Letzten das Knie. Sammuramat war sein innerliches Widerstreben nicht entgangen. Sie wusste, er war ihr ärgster Widersacher, vor dem sie von nun an auf der Hut sein musste. Als die Zeremonie endlich beendet war und alle den Saal mit den widersprüchlichsten Gefühlen verlassen hatten, rief Sammuramat Bel-tarsi-ilumma zu sich, einen Mann, dem sie ihr volles Vertrauen schenkte, und ernannte ihn als Regentin ihres Sohns zum neuen Gouverneur von Kalchu.

„Ich werde im Morgengrauen nach Babylon aufbrechen. Dir vertraue ich die Sicherheit meines Sohns, des Königs an. Außer zehn Männern meiner Leibwache und Mutarris-Assur lasse ich meine gesamte Leibwache zu eurem Schutz zurück. Hüte meinen Sohn wie den kostbarsten Schatz, den Assur hat, halte verräterischen Einfluss von ihm fern und sorge dafür, dass ihn niemand in seine Gewalt bringt. Dafür bürgst du mir mit deinem Leben."

„Meine Herrin, du kannst dich auf mich verlassen. Dein Sohn ist bei mir sicher. Jeder, der böse Reden führt oder gar böse Absichten hat, den werde ich bis zu deiner Rückkehr in den Kerker werfen lassen. Du selbst kannst dann über sein weiteres Schicksal entscheiden."

Sammuramat nickte. „Ich verlasse mich auf dich."

„Sollten wir Dajjan-Assur nicht besondere Aufmerksamkeit schenken?", fragte Mutarris-Assur.

„Das sollten wir. Nur nicht hier in Kalchu. Er wird uns folgen, sobald er erfährt, dass wir die Stadt verlassen haben. Doch sorge dafür, dass er beobachtet wird, und wir immer wissen, mit wem er Kontakt aufnimmt. Ganz sicher wird er das, was heute geschehen ist, nicht einfach hinnehmen, Schwur hin oder her."

„Ja, Herrin Sammuramat."

Im Morgengrauen brachen sie auf, wechselten unterwegs mehrmals die Pferde, legten nur kurze Pausen ein und schliefen nur dann, wenn es sich gar nicht mehr vermeiden ließ. Den wilden Fluten des Tigris folgend, erreichten sie Assur, die alte Reichshauptstadt, hielten jedoch nicht, sondern ritten daran vorbei weiter nach Süden, dem Flusslauf folgend. Bei Dur-Karigalzu verließen sie den Tigrislauf und wandten sich dem Ufer des Euphrat zu, der sie über die alte Stadt Sippa direkt nach Babylon führte. Sammuramat hatte nur einen Gedanken, sie wollte zu ihrem toten Mann, um ihn nach Hause zu holen und in der Gruft seiner Väter in Assur beizusetzen. Und sie wollte Rache für den frühen Tod ihres Mannes. Daran ließ sie keinen Zweifel.

In den frühen Morgenstunden erreichten sie das assyrische Lager. Sofort wandte Sammuramat sich dem Stabszelt zu und ließ sämtliche Offiziere aus dem Schlaf reißen.

„Wie ist die Lage? Wie lange wird es noch dauern, bis wir die Stadt erobert haben?"

„Die Eroberung stockt. Wir kommen nicht vom Fleck."

„Und woran liegt es", verlangte die Regentin zu wissen.

„Die Mauern von Babylon sind dick. Alle unsere Angriffe sind bisher zurückgeschlagen worden. Die Bewohner fühlen sich sicher."

„Was ist mit den Sturmgeräten? Lässt sich die Mauer damit nicht überwinden? Oder Rammböcke gegen das Tor."

„Auch das haben wir versucht, Herrin. Aber jeder Versuch hat uns viele Menschenleben gekostet, und erreicht haben wir nichts."

„Wie viele Gefangene haben wir im Lager?"

„An die fünfhundert, Herrin."

„Führt sie vor die Tore Babylons, aber mit so viel Abstand, dass euch ihre Pfeile nicht erreichen können. Schlagt ihnen allen zuerst beide Hände ab und werft sie auf einen Haufen. Wenn der Letzte seine Hände verloren hat, schlagt ihnen die Köpfe ab und werft sie auf einen anderen Haufen. Das tut ihr von nun an jeden Morgen mit allen Gefangenen, die ihr den vorherigen Tag über erbeutet habt. Und dann lasst in der Stadt verkünden, dass es jedem Bewohner der Stadt nach deren Fall so ergehen wird, ohne Ausnahme, egal ob Mann, Frau oder Kind, wenn die Anführer des Aufstands gegen Assur nicht an uns ausgeliefert werden und die Tore für unsere Truppen geöffnet. Dann sendet ihr

Trupps in die umliegenden Dörfer aus, nehmt alle einigermaßen brauchbaren Männer gefangen und kettet sie an den Sturmblock. Schafft genügend herbei, damit wir die Verluste täglich mit ihnen auffüllen können. Diese Mauern werden fallen, so wahr ich Sammuramat, die Gemahlin eures verstorbenen Königs und Mutter eures neuen Königs bin. Und jetzt führt mich zu dem Leichnam meines Gatten."

Lange stand Sammuramat vor dem verschlossenen Sarkophag, der aufgrund des Zustands der Leiche nicht mehr geöffnet werden konnte. Die Schreie der zum Tode Verurteilten drangen zu ihr herüber. Sie rührten ihr Herz nicht. Es war zu Stein erstarrt beim Anblick des Sargs ihres Mannes. „Sie singen dir ein Totenlied, mein Geliebter, und werden dich in das Reich der Toten begleiten, um dir dort zu dienen. Doch keiner von ihnen wird mehr eine Hand gegen dich erheben können. Dafür hat deine Gemahlin gesorgt."

In den frühen Abendstunden wurden die ersten Gefangenen ins assyrische Lager geführt und in Ketten gelegt. Sie sollten am Morgen die erste Angriffswelle auf die Stadt begleiten. Doch zuvor wurden im Morgengrauen weitere achtundvierzig Gefangene vom Vortag vor den Mauern hingerichtet. Für die Babylonier auf den Mauern war es ein entsetzlicher Anblick, wie ihre Söhne, Brüder, Väter abgeschlachtet wurden. So manche Stimme wurde laut, die sich einverstanden erklärte, die Anführer des Aufstands auszuliefern und sich der erhofften Gnade des Feindes zu überlassen. Ein weiterer Schock stellte sich ein, als sie erkennen mussten, dass ihre eigenen Leute, Bauern aus der Umgebung, den Rammbock gegen das Tor führen mussten. Notgedrungen schossen die Babylonier auf ihre eigenen Leute. Doch die Moral sank weiter.

Als am Abend die Besprechung im Kommandozelt der assyrischen Offiziere stattfand, war eine allgemein lockere Stimmung zu spüren. In die festgefahrene Belagerung war Bewegung gekommen. Und viele der Offiziere mussten anerkennen, dass diese Bewegung durch die Mutter ihres Königs eingetreten war.

„Sie haben sich kaum getraut, auf die Leute am Rammbock zu schießen. Aber letztendlich blieb ihnen nichts anderes übrig, denn sonst wären die Tore jetzt offen."

„Sie werden sich öffnen, da bin ich ganz sicher. Auf die eine oder die andere Weise, das ist egal. Aber ihre Moral sinkt. Ich glaubte nicht, dass sie noch lange standhalten werden. Im Morgengrauen werden die neuen Gefangenen hingerichtet. Es darf kein Erbarmen geben, solange die Aufständischen nicht gerichtet und der Tod meines Gemahls gesühnt ist."

Damit verließ Sammuramat das Zelt, um erneut eine Nacht im Gebet am Sarg ihres Gemahls zu verbringen. Ihr Herz weinte, doch nach außen hin ließ sie sich keine Gefühlsregung anmerken.

Wieder drangen die Todesschreie der Gefangenen durch die Morgenluft, wieder wurde der Rammbock mit frischem Material aus dem Umland versehen, und wieder schossen die Babylonier schweren Herzens auf ihre eigenen Leute. Doch den Assyrern fehlte es nicht an Nachschub. An die Stelle der Toten rückten neue Gefangene nach, und das Osttor wackelte bereits bedenklich in seinen Angeln. Lange würde das Tor den ungebremsten Ansturm der assyrischen Rammböcke nicht mehr standhalten.

Am Abend kam eine Delegation der Stadt unter Führung des obersten Priesters des Gottes Marduk ins Lager.

„Führt uns zu eurem obersten Anführer, damit wir verhandeln können."

Entsetzt wich der Oberpriester zurück, als er vor Sammuramat geführt wurde. Doch diese saß nur schweigend auf dem Thron ihres Mannes und ließ den Oberbefehlshaber der Truppen für sich sprechen. Sie wusste, dass sie sich als Frau zurückhalten musste, um die Ehre der Männer nicht zu verletzen oder sie gar zu demütigen. Ihre Taten mussten für sie sprechen. Nur so konnte sie Vertrauen gewinnen. Wer die Armee hinter sich hatte, der hatte die Macht in Assur. Sie wusste, dass sie bereits einige gewonnen hatte, viele durch Einhalten gewisser Regeln für sich gewinnen konnte, manche jedoch niemals gewinnen würde, da sie an den starren Konturen des assyrischen Staats festhielten, die eine Frau in einer Führungsposition niemals anerkennen würden.

„Du wünscht ein Gespräch. Sprich!", forderte Naram-Sin den Priester auf.

„Ich komme im Namen meines Gottes Marduk zu euch, um euch inständig darum zu bitten, das Morden einzustellen."

„Öffnet die Tore, liefert die Verräter aus, dann können wir reden", antwortete Naram-Sin.

„Was erwartet uns, wenn wir dies tun. Welche Garantien gebt ihr uns?"

„Keine. Mit Verrätern verhandeln wir nicht. Aber es werden weitaus weniger Menschen sterben, wenn ihr jetzt öffnet und uns die Aufwiegler übergebt."

„Wir sollen uns ohne Not ausliefern und nicht einmal die Garantie erhalten, dass ihr das Volk schont?"

„Genau das. Öffnet und liefert euch unserer Gnade aus, oder geht alle in einen sicheren und grausamen Tod. Das ist das einzige Angebot, das wir euch machen. Richte das den Räten deiner Stadt aus."

Der Oberpriester des Marduk verneigte sich und ging, um den wenig erfolgreichen Ausgang seiner Mission zu übermitteln.

„Glaubst du, sie werden öffnen?", wandte Naram-Sin sich an die Regentin.

„Warten wir es ab. Im Morgengrauen sterben die nächsten Gefangenen. Der Berg wächst. Schauen wir, wie lange sie dies noch ertragen."

Wieder tönten Schmerzens- und Todesschreie in die Morgendämmerung hinein, und wieder stießen Gefangene aus der Umgebung den Rammbock gegen das Westtor, während jedoch an diesem Morgen gleichzeitig gegen ein weniger befestigtes Tor an der Ostseite der Stadt ein Rammbock eingesetzt wurde. Pfeilhagel schossen von der Stadtmauer auf die wehrlosen, angeketteten Bauern nieder, die den Rammbock führten, im Rücken die Bogen und Speere der Feinde auf sich gerichtet. In der Abenddämmerung schien es nur noch eine Frage der Zeit, bis das Tor an der Ostseite der Stadt brechen würde. Die Bewohner der Stadt ahnten, dass ihre Stadt am nächsten Tag fallen und sie niedergemetzelt werden würden. So entschlossen sich die Bürger Babylons zu dem einzigen denkbaren Schritt, der einen Ausweg versprach, die bedingungslose Kapitulation vor dem Feind. Damit legten sie ihr Schicksal vollständig in die Hände der Assyrer. Gefesselt trieben sie ihren selbsternannten König und dessen Anführer vor die Tore der Stadt und übergaben sie den Soldaten Assurs. Kurz darauf öffneten sich die Stadttore für die Soldaten Assurs. Die Stadt ergab sich.

„Was jetzt, hohe königliche Frau? Sollen wir die Stadt vernichten?"

„Nein", erwiderte Sammuramat nachdenklich. „Eigentlich sind die Babylonier unsere Brüder. Wenn wir hier im Süden einen dauerhaften Frieden wollen, müssen wir mit Bedacht vorgehen. Lasst die Stadt von unseren Soldaten drei Tage plündern. Aber die Bevölkerung soll verschont bleiben. Und auch die Tempel darf niemand anrühren. Wer sich diesem Befehl widersetzt, ist selbst des Todes. Versammelt die Bevölkerung morgen früh auf dem Marktplatz. Sie alle sollen Zeugen davon werden, was dem geschieht, der sich der Macht unseres Gottes Assur widersetzte. Stecht ihrem König und seinen Anführern die Augen aus, schneidet ihnen Hände und Geschlechtsorgane ab und dann häutet sie. Das sind meine Anordnungen."

Niemand widersprach Sammuramat. Die abergläubischen Soldaten Assurs glaubten fest daran, dass sich mit dem Erscheinen der Regentin ihr Kriegsglück gewendet hatte. Darum musste sie von den Göttern gesandt worden sein.

Als Sammuramat am nächsten Morgen durch die Prozessionsstraße Babylons schritt, auf der auf dem Marktplatz der Stadt aufgebauten Tribüne Platz nahm, um der Hinrichtung der Stadtführer und ihres selbsternannten Königs beizuwohnen, ahnte sie, dass viele ihrer Soldaten daran zweifelten, dass sie das Massaker würde ertragen können. Doch gerade darum war die Regentin fest dazu entschlossen, keine Schwäche zu zeigen. Ihr Gesicht hinter einem Schleier verbergend, ertrug sie das Gemetzel ausdruckslos. Den einzigen Schmuck, den sie an einer langen goldenen Kette bei sich trug, den Siegelring ihres Mannes, der das Symbol ihrer Macht war, hielt sie fest umklammert.

„Jetzt widerfährt dir Gerechtigkeit, mein Geliebter. Ich schwöre dir, ich werde nicht mit der Wimper zucken, wenn deine Mörder gerichtet werden." Die Angst in den Augen der Gefangenen beeindruckte sie ebenso wenig wie die Bitten um Gnade und die Schreie der Gefolterten. „Ein Meer aus Blut!" Dieser Satz der babylonischen Wahrsagerin kam ihr in den Sinn. Nun verstand sie, warum diese einst vor ihr zurückgewichen war. Sie hatte Babylon gesehen.

Die gehäuteten, zuckenden Körper, einige würden wohl noch eine Weile leben, zurücklassend, wandte Sammuramat sich von dem Massaker ab, um den Tempel des Gottes Marduk zu betreten.

„Herrin, was soll mit den Familien der Verurteilten geschehen?", fragte Naram-Sin, bevor Sammuramat entweichen konnte.

„Teilt sie als Sklaven unter euch Offizieren auf. Was euch nicht brauchbar erscheint, schlagt den Kopf ab."

Dann betrat sie den Tempel des babylonischen Hauptgotts Marduk. Der Oberpriester wollte ihr entgegentreten, ihr sagen, dass dies geheiligter Boden sei, doch als er sah, dass die Witwe Schamschi-Adads niederkniete und betete, da ließ er sich schweigend neben ihr nieder und betete ebenfalls. Als Sammuramat geendet hatte, ließ sie einige Goldmünzen in die Hand des Priesters gleiten.

„Opfert für meinen verstorbenen Gemahl und betet für ihn. Ich werde euch die von ihm entwendeten Götterstatuen der anderen Städte zurückschicken, damit sie wieder in dem Tempel stehen, in den sie gehören."

Überrascht schaute der Oberpriester auf. „Ihr werdet den Tempel nicht stürmen und schänden?"

„Jeder meiner Soldaten, der hier Hand anlegt, wird sterben. Das versichere ich dir."

Noch einmal durchschritt sie die Prozessionsstraße, bewunderte die prächtigen Bauwerke Babylons und den Euphrat, der die Stadt in zwei Teile trennte, bevor sie in ihr Zelt vor den Toren der Stadt zurückkehrte. Hier wurde ihr gemeldet, dass Dajjan-Assur eingetroffen sei. Sammuramat nickte. Welch ein Glück, dass die Stadt Babylon bereits in den Händen Assurs war. So konnte der Turtanu diesen Erfolg gewiss nicht für sich in Anspruch nehmen.

Als Dajjan-Assur vor Sammuramat erschien, wusste er, dass er diese Schlacht gegen die Regentin verloren hatte. Die Soldaten, vom Glückstern ihrer Regentin überzeugt, himmelten sie an. Hier war kein Schaden mehr anzurichten.

„Herrin, ich muss dir zugutehalten, dass du schnell bist. Du hast die Großen des Reichs übertölpelt, indem du sie deinem Sohn Treue schwören gelassen hast. Du bist vor die Tore Babylons geeilt und hast die Stadt unterworfen noch eh ich begriff, was du vorhast. Du handelst kaltblütig wie ein Mann. Aber du bist von Natur eine Frau. Gewiss, ich habe dich unterschätzt. Aber dein Geschlecht muss und wird dich erinnern, wer du bist."

Lachend blickte Sammuramat ihren Widersacher an. „Ich weiß genau, wonach es dich gelüstet. Aber diesen Ring", Sammuramat hielt den Siegelring Schamschi-Adads dem Turtanu direkt vor die Augen, „hat mein Gemahl mir bis zur Volljährigkeit meines Sohns hinterlassen. Ich weiß, du würdest mir nur zu gern die Macht entreißen und alles an dich ziehen, und zuletzt vermutlich meinen Sohn beseitigen. Aber das werde ich nicht zulassen, Dajjan-Assur."

„Nun, dann muss ich dir leider mitteilen, dass sich, während du vor den Toren Babylons weilst, die syrischen Hafenstädte überlegen, von Assur abzufallen, da sie zu der Herrschaft einer Frau kein Vertrauen haben. Byblos hat den Tribut verweigert. Ein neuer Feldzug wird nötig. Willst du diesen dann auch wieder führen? Oder sollten wir uns nicht lieber zusammentun und gemeinsam das Reich beherrschen?"

„Und mein Sohn bleibt bei dieser Übereinkunft auf der Strecke. Nein, Dajjan-Assur, ich werde nie wieder einen

Mann nehmen, weder dich noch einen anderen. Und ich werde, so Assur will, meinem Sohn die Macht sichern. Doch nun entschuldige mich. Ich werde in zwei Tagen nach Assur aufbrechen, um die sterblichen Überreste meines Gemahls zu den Gräbern seiner Ahnen zu bringen. Solange können die syrischen Städte warten."

Als sie am Abend mit Mutarris-Assur allein in ihrem Zelt saß, fragte sie diesen: „Was berichten deine Späher. Ich vermute, Dajjan-Assur versucht in Syrien einen Aufstand anzuzetteln. Doch dass ausgerechnet Byblos als erste Stadt von uns abfällt und den Tribut verweigert, das kann ich nicht recht glauben."

„Meine Kundschafter berichten, dass er ausgiebigen Schriftverkehr mit Harran und den syrischen Hafenstädten pflegt. Sie versuchen herauszubekommen, was dort vor sich geht. Aber das kann dauern."

„Gut! Bleib dran. Und sende einen Kundschafter nach Byblos, der sich die Lage in der Stadt anschaut und die Menschen aushorcht, aber auch die Befestigungsanlagen auskundschaftet. Ich war zwar schon einmal in dieser Stadt, aber an die Details vermag ich mich nicht mehr zu erinnern. Wenn Byblos den Tribut verweigert, werden wir Präsenz zeigen müssen. Doch zuvor möchte ich möglichst genaue Informationen. Das unauffällig, damit Dajjan-Assur nichts davon mitbekommt. Sollten sich Zeugen für irgendeine Verschwörung des Turtanu finden lassen, nimm sie fest und schaffe sie nach Ninive in den Kerker, ohne dass jemand davon erfährt."

„Ja, Herrin. Ich werde tun, was ich kann."

Sammuramat nickte zufrieden. Sie wusste, sie konnte sich auf Mutarris-Assur verlassen wie auf keinen anderen. Und undeutlich ahnte sie auch warum. Doch darüber wollte sie lieber nicht nachdenken. Es wurde Zeit, dass sie sich endlich ihrer Trauer hingeben durfte. Seit dem Tod ihres Gemahls hatte sie unablässig handeln müssen. Nun endlich wollte sie Zeit für sein Andenken und die Trostlosigkeit ihres Herzens finden.

In Assur traf sie mit ihrem Sohn zusammen und gemeinsam geleiteten sie den Sarkophag des Vaters und Gatten in die königliche Grabkammer, wo er neben dem seines Vaters Salmanassar aufgestellt wurde.

Sammuramats Herz weinte. Sie würde nie wieder einen Mann so sehr lieben können wie Schamschi-Adad. Aber sie wusste auch, dass sie noch viel zu jung war, um für immer auf die körperliche Liebe verzichten zu können. Doch sie hatte sich fest vorgenommen, dass kein Mann, der imstande war, ihre Seele zu berühren, jemals ihr Bett teilen würde. Niemals durfte mehr ein Mann so nah an ihr Herz herankommen, dass er zu einer Gefahr für ihren Sohn werden konnte. Denn wenn sie einen Menschen auf dieser Welt jetzt noch wirklich liebte, dann war dies Adad-Narari.

10.

Zwei Jahre nach dem Fall Babylons begann Sammuramat die jährlichen Kampagnen des assyrischen Heers wieder aufzunehmen. Den größten Teil ihrer Armee sandte sie nach Medien, mit einem kleineren Teil zog sie selbst erst gegen Guzana, das sie niederrang und dem assyrischen Reich einverleibte, um dann weiter nach Südwesten zu ziehen. Nun stand das assyrische Heer vor den Toren der Hafenstadt Byblos, zum Sturm bereit. Doch Sammuramat zauderte noch, die Stadt zu stürmen und zu zerstören. Umfangreiche Nachforschungen ließen sie ahnen, was tatsächlich passiert war. Doch was sie bisher an Zeugen und Beweisen gesammelt hatte, war dürftig. Jemand hatte seine Spuren gut zu verwischen versucht.

„Was sollen wir tun, Herrin. Ewig können wir nicht vor den Toren der Stadt tatenlos lagern."

„Nein, das gewiss nicht. Sendet einen Boten in die Stadt. Lasst König Aras ausrichten, dass wir die Stadt verschonen, wenn er und seine Familie sich bis morgen Abend an uns ausliefern. Ansonsten fangen wir übermorgen früh mit dem Sturm auf die Stadt an."

„Du willst diese Stadt doch nicht wirklich verschonen?", protestierte Dajjan-Assur. „Hier müssen wir ein Exempel ausführen, damit alle anderen Stadtstaaten auf keine ähnlichen Ideen kommen."

„Müssen wir das?", fragte Sammuramat süßlich. „Wir werden sehen, ob der König den Mut hat, sich uns auszuliefern und seine Stadt dadurch zu retten."

Fluchend verließ Dajjan-Assur das Zelt der Regentin. Er hielt Sammuramat schon lange für unberechenbar, eine Frau eben, die besser zu Hause am Herdfeuer sitzen geblieben wäre, als sich in die Geschäfte der Männer zu mischen.

Einen Blick mit Mutarris-Assur wechselnd wusste Sammuramat, dass er sie verstand. Zwischen ihnen hatte sich in den letzten Jahren ein Verstehen eingestellt, das keiner Worte bedurfte. Nun hieß es abzuwarten und zu sehen, was geschehen würde.

Kurz vor der Abenddämmerung des darauffolgenden Tags trat König Aras mit seiner Gemahlin, seinen beiden Töchtern, seinem Bruder und dessen Sohn aus dem Stadttor und kam auf das assyrische Feldlager zu. Fluchend vertrat der Turtanu ihnen den Weg. Ergeben sank die Familie als Zeichen der Unterwerfung auf die Knie.

„Ihr wagt es also tatsächlich, euch uns auszuliefern? Das nenne ich Mut."

„Wir vertrauen auf eure Gerechtigkeit und euer Wort, dass ihr die Stadt schont."

„Wenn die Regentin dies versprochen hat, wird es wohl so sein. Schafft die Frau und die Kinder auf einen der Vorratswagen und kettet sie fest. Und ihr beiden, zieht euch aus."

Zweifelnd schauten Aras und sein Bruder Dagan sich an. Wollte man sie gleich, ohne Anhörung, hinrichten? Oder fand der Turtanu nur Vergnügen daran, sie zu demütigen und zu erniedrigen, bevor er sie töten würde. Durch ein Nicken gab Aras seinem Bruder zu verstehen, dass sie Folge leisten sollten. Es jetzt und hier zu einer Auseinandersetzung kommen zu lassen, wäre auf jeden Fall zu ihrem Nachteil. Schweigend legten sie ihre Kleider bis auf den Lendenschurz ab. „Den auch", befahl der Turtanu. Beide schluckten schwer, doch gehorchten letztendlich.

„Legt sie in Ketten und sperrt jeden von ihnen in einen Käfig. Dort bleiben sie, bis ein Urteil gefällt ist. Und du, geh zur Regentin und sag ihr, dass der König sich ergeben und die Stadt ihre Tore geöffnet hat."

Sammuramat nahm die Nachricht nachdenklich entgegen. „Der Turtanu hat sie natürlich gleich schrecklich gedemütigt und nackt in Käfige sperren lassen. Er würde gerne schnell ein Urteil fällen und sie hinrichten lassen, am besten vor der gesamten Bevölkerung der Stadt, als Abschreckung."

„Das wird nicht geschehen. Die Gefangenen werden mit nach Kalchu genommen. Mutarris-Assur, stelle einige Leute ab, die dafür zu sorgen haben, dass keinem der Gefangenen auf dem Weg nach Kalchu etwas zustößt. Ich will, dass sie dort lebend ankommen. Schu-Ninua, dich ernenne ich zum Statthalter von Byblos, bis ich Weiteres beschließe. Ich bin überzeugt davon, dass es in der Stadt einen Verräter gibt, der mit den anderen syrischen Städten korrespondiert und seinen König an diese verraten hat. Finde ihn. Und mit dir, Mutarris-Assur, und zehn unserer Männer werde ich morgen früh einen Ausflug in die Stadt unternehmen. Ich will mir selbst ein Bild von der Lage in der Stadt machen."

„Findest du das nicht zu gefährlich, Herrin? Es könnte jederzeit ein Tumult ausbrechen."

„Nur wenn ich mir die Sache selbst ansehe, kann ich mir ein Bild machen. Erzählungen nützen mir nichts. Und, Mutarris-Assur, lass Dajjan-Assur überwachen. Ich will jeden Augenblick wissen, was er tut. Seine Boten lass ebenfalls verfolgen. Ich will wissen, was hier gespielt wird."

Der Befehlshaber der königlichen Leibwache nickte.

„Dein Wunsch ist mir Befehl, Herrin."

Am nächsten Morgen ritten sie in die Stadt. Das Bild des einstmals so blühenden Byblos war erschreckend. Wo einst die Kornspeicher gestanden hatten, waren nur noch Schutt und Asche zu finden. Die Marktstände waren leergefegt, die Preise für die wenigen Lebensmittel, die es zu kaufen gab, horrend. Im Hafen lag nicht ein einziges Schiff. Auf dem Markt erwarb

Sammuramat schließlich den teuersten Apfel ihres Lebens.

„Was ist hier geschehen?", fragte sie die Marktfrau. „Warum sind eure Stände leer? Es gibt keine Lebensmittel, keine Stoffe noch sonst irgendetwas zu kaufen."

„Ach, gute Frau. Wir hier in Byblos sind von den Göttern verflucht. Kein Schiff legt mehr in unserem Hafen an. Piraten haben alle ausfahrenden und einkehrenden Schiffe versenkt. Inzwischen traut sich niemand mehr in unseren Hafen. Alle weichen nach Sidon oder Tyros aus. Fast zur gleichen Zeit gingen unsere Kornspeicher in Flammen auf, die Gärten, Plantagen und Felder im Umland wurden von Räubern vernichtet und unser Vieh, unsere Schafe und Ziegen starben plötzlich an einer seltsamen Krankheit. Unser König hat versucht, Lebensmittel andernorts zu kaufen, doch die Händler, die er mit seinem Gold und Silber aussandte, sind nie wiedergekehrt. Entweder wurden sie überfallen oder sie haben sich mit dem Gold des Königs abgesetzt. Schreckliche Zeiten. Wirklich schreckliche Zeiten."

Sammuramat schaute sich weiter in der Stadt um. Doch wohin sie schaute, konnte sie nur hungernde Menschen und leere Kammern entdecken. Niedergeschlagen kehrte sie in ihr Feldlager zurück.

Dajjan-Assur erwartete sie in ihrem Zelt. „Man sagte mir, dass du die Gefangenen nach Kalchu bringen willst? Wozu sie diesen weiten Weg mitschleppen? Wäre es nicht besser, sie gleich hier und jetzt zu richten? Die Verweigerung der Tributzahlung ist Verrat. Da gibt es nichts zu deuteln."

„Da magst du wohl recht haben. Dennoch werde ich sie nach Kalchu bringen. Dort sollen sie abgeurteilt und hingerichtet werden."

„Wie du meinst, Königin. Es ist deine Entscheidung", antwortete der Turtanu etwas beruhigt, da er davon ausging, dass das Todesurteil in jedem Fall feststand.

„Er scheint mir sehr erpicht auf dieses Todesurteil zu sein", meinte Mutarris-Assur zynisch.

„Zu erpicht", antwortete Sammuramat nachdenklich. „Warten wir ab, was unsere Kundschafter zusammentragen. Bis Kalchu ist ein langer Weg. Da bleibt uns viel Zeit. Bring mir heute Abend den Jungen des Bruders in mein Zelt. Ich werde sehen, was er mir sagen kann."

„Wäre es nicht besser, den Bruder oder den König selbst zu befragen?", fragte Mutarris-Assur.

„Nein, das würde Dajjan-Assur mitbekommen und vielleicht Verdacht schöpfen. Aber bei dem Jungen wird er sich nichts denken. Dennoch kann er etwas wissen. Also bringe ihn mir heute Abend. Morgen werden wir nach Kalchu aufbrechen. Der Weg ist weit. Darum sollten wir zügig marschieren."

„Ich werden den Befehl zum morgigen Aufbruch weiterleiten. Und natürlich bringe ich dir den Jungen."

Große, blaue Knabenaugen blickten Sammuramat ebenso ängstlich wie neugierig entgegen. Pflichtbewusst verneigte der Junge sich vor der Regentin des Landes Assur.

„Steh auf. Wie ist dein Name?"

Sammuramat bedeutete dem Knaben, sich zu setzen.

„Schamschi-ilu, Herrin."

„Und wie alt bist du, Schamschi-ilu?"

„Zehn Jahre, Herrin."

Sammuramat lächelte, während sie einen Blick mit Mutarris-Assur, der hinter ihrem Stuhl stand, wechselte. „Mein Sohn ist nur ein wenig älter als du. Zwölf ist er jetzt. Du bist der Sohn von Dagan, dem Bruder des Königs?"

„Ja, Herrin, er ist der Halbbruder des Königs."

„Ihr habt also verschiedene Mütter?"

„Aras Mutter war die Königin, meinem Vater seine eine Konkubine."

„Und wer ist deine Mutter, und wo ist sie?"

„Meine Mutter war ebenfalls eine Konkubine. Sie ist bei meiner Geburt gestorben."

„Dann hast du also nur deinen Vater," stellte Sammuramat fest. „Sag, mein Junge, in deinem Alter bekommt man ja schon viel von der Welt der Erwachsenen mit. Erzähl mir, was in deiner Stadt passiert ist. Was hat zu dieser Hungersnot geführt, die in Byblos herrscht. Dies ist eine reiche und fruchtbare Gegend."

„Das ist schnell erzählt, Herrin. Alles, was wir hatten, wurde mehr oder weniger mutwillig zerstört, unser Getreide, unser Vieh, unsere Plantagen und Felder. Vom Meer her wurden wir vom Handel abgeschnitten, sodass keine Waren mehr in die Stadt kamen und auch wir nicht mehr Handel treiben konnten, weil unsere Schiffe auf dem Meer sofort versenkt wurden."

„Das alles hört sich nach Vorsatz an."

„Das ist es auch, sagt mein Vater. Jemand versucht uns zu vernichten. Selbst unsere Zedernholzlieferungen wurden überfallen und geraubt. Wir haben nichts mehr, hohe Frau."

„Und wer will euch schaden? Hat dein Vater darüber auch etwas gesagt?"

„Weder mein Vater noch der König wissen es. Doch das Ganze fing mit einem Brief des Königs, meines Onkels, an, den er nach Harran sandte, als die

Küstenstädte überlegten, von Assur abzufallen. Er warnte den Gouverneur von Syrien darin vor der drohenden Gefahr. Er erhielt nie eine Antwort."

„Was hat er dann getan?", verlangte Sammuramat zu wissen.

„Er sandte ein weiteres Schreiben an den Hof von Kalchu, an dich, Königin. Aber er erhielt wieder keine Antwort."

Vielsagend schaute Sammuramat Mutarris-Assur an.

„Und was hat er dann getan, euer König?"

„Wir konnten den Tribut nicht zahlen, da wir selbst nichts mehr zu essen hatten. Also hat der König noch einmal nach Harran und Kalchu geschrieben, mit der Bitte, den Tribut gestundet zu bekommen. Aber wir haben nie eine Antwort erhalten."

Sammuramat nickte. „Sag mir, Schamschi-ilu, gibt es von den Schreiben deines Onkels Kopien für das Archiv?"

„Ja, Königin, alle eingehenden und ausgehenden Schreiben werden im Archiv des Tempels des Gottes El aufbewahrt."

„Nun, dann danke ich dir für deine Auskunft, mein Junge." Lächelnd stellte sie fest, wohin der Blick des Knaben immer wieder wanderte, zu einer Platte mit gebratenen Fleischscheiben. „Hast du Hunger?"

Eifrig nickte der Junge.

„Nun, dann greif zu."

Zögernd griff der Knabe die erste Scheibe und stopfte sie sich in den Mund, um sogleich wieder zuzulangen.

„Hör zu, Schamschi-ilu. Was wir hier eben gesprochen haben, das bleibt unter uns. Du erzählst von diesem Gespräch niemandem, wenn dich jemand fragen sollte."

Eifrig kauend nickte der Junge, bis er plötzlich innehielt und Sammuramat direkt anschaute. „Wirst du uns hinrichten lassen?"

Verblüfft schaute die Regentin den Jungen an. „Ich will ehrlich zu dir sein. Das weiß ich noch nicht."

Schamschi-Ilu nickte. Ihm war klar, dass er im Augenblick keine andere Antwort erwarten konnte.

„Packt dem Jungen das restliche Fleisch ein, und dann bringt ihn zurück", befal sie einer Dienerin.

Als sie mit Mutarris-Assur allein war, meinte sie seufzend: „Ein netter, aufgeschlossener Junge. Es wäre schade um ihn. Ich glaube, wenn ich wieder in Kalchu bin, werde ich meine beiden älteren Söhne von dem Gut in Harran an den Hof holen. Wie lange habe ich sie nicht mehr gesehen. Und du, Mutarris-Assur, weißt, was zu tun ist? Ich brauche die Abschriften aus dem Tempel."

Der Befehlshaber der Leibgarde der Königin nickte. „Es wird unverzüglich und unauffällig erledigt."

„Was wollte die Regentin von dir?", fragte der wachhabende Soldat Schamschi-ilu, als er ihn wieder an den Wagen kettete.

„Mich anschauen, ob ich als Sklave tauge", antwortete der Junge, sein zwischen zwei Blätter gepacktes Fleisch fest an sich gedrückt, schließlich wollte er seiner Tante und deren zwei Töchtern auch etwas abgeben.

Der Rückweg nach Kalchu gestaltete sich als beschwerlich. Es war Sommer. Am Tag brannte die Sonne erbarmungslos auf die assyrischen Soldaten herab und machte das Vorankommen mehr als nur beschwerlich. Auch in den Nächten kühlte es kaum ab. An Erfrischung war nicht zu denken. Durch das kahle, ausgetrocknete Land Richtung Osten ziehend, erreichte das Heer schließlich das Ufer des Euphrat. Hier legte die Armee Sammuramats eine Verschnaufpause ein, ihre Soldaten erfrischten sich in den Fluten des Flusses, während ihre Kundschafter nach einer Furt suchten.

Nachdenklich stand Mutarris-Assur am Ufer des Euphrat und schaute den Soldaten beim Baden zu, als sein Blick auf die zwei am Ufer abgestellten Käfige mit den Gefangenen fiel. Die pralle Sonne brannte auf die Käfige herab. Die Haut der Gefangenen war verbrannt, die Lippen gesprungen. Schweigend trat er trotz des erbärmlichen Gestanks nach Schweiß, Urin und Exkrementen, der von den Käfigen ausging, näher, ergriff von einem der Vorratswagen ein Trinkhorn, füllte es mit Wasser und reichte es König Aras. Zögernd griff dieser nach dem Wasser, immer darauf gefasst, dass es ihm wieder weggenommen werden würde.

„Danke, Herr", entrang er seiner ausgetrockneten Kehle, setzte das Horn an, befeuchtete zuerst die völlig ausgedorrten Lippen und den Mund, bevor er ansetzte, um zu trinken. Gierig trank er leer und reichte das Horn zurück. Noch einmal füllte Mutarris-Assur das Trinkhorn und reichte es dem König, der auch diesmal gierig trank. Danach gab Mutarris-Assur dem Bruder des Königs ebenfalls Wasser, sich der lauernden Blicke des wachhabenden Soldaten durchaus bewusst. Auch Dagan trank durstig. Dann schaute er den General und Befehlshaber der Leibwache der Regentin forschend an: „Warum tut ihr uns das an?"

„Vielleicht, weil wir es können. Man sollte sich mit dem assyrischen Löwen eben besser nicht anlegen und seinen Tribut vereinbarungsgemäß entrichten."

„Und wenn man das nicht kann?"

„Dann rollt die Kriegsmaschinerie Assurs unweigerlich los. Und sie ärgert sich, wenn sie soweit in den Süden vordringen muss, ohne entsprechende Beute machen zu können. Die letzten Kämpfe unserer Armee haben bei Guzana stattgefunden. Seither sind wir nur marschiert, um einen aufständischen König und dessen Familie als Beute heimzuführen. Sieh dir unsere Streitwagenfahrer, unsere Reiterei, unsere Lanzenwerfer, Schwertkämpfer und Bogenschützen an. Glaubst du, das hier befriedigt ihren Kampfgeist? Wohl kaum."

„Wahrlich," meinte Dagan ironisch. „Von dieser Seite betrachtet sind wir allerdings ein schlechtes Resultat eurer Bemühungen. Aber warum habt ihr uns nicht gleich umgebracht? Warum der Aufwand, uns nach Kalchu zu schleppen? Oder hat die Regentin vor, uns als Kriegsbeute in Kalchu auszustellen, bevor sie uns hinrichten lässt?"

„Hüte deine Zunge, mein Freund. Wer den Kopf im Rachen des assyrischen Löwen stecken hat, der sollte ihn lieber nicht reizen."

„Das ist keine Antwort", beharrte Dagan. „Warum schleppt ihr uns nach Kalchu."

Mutarris-Assur reichte Dagan noch einmal das gefüllte Trinkhorn. „Weil das der Wille der Königinmutter ist. Sie erklärt sich uns nicht. Sie befiehlt."

Sich an den wachhabenden Soldaten wendend, fuhr er fort: „Wann haben die Gefangenen das letzte Mal etwas zu essen bekommen?"

„Vor zwei Tagen, Herr."

„Dann bring ihnen jetzt etwas, und das von nun an täglich. Ebenso wie ausreichend Wasser. Und deck die Käfige mit einem Tuch ab. Die Regentin möchte, dass in Kalchu zwei lebende Männer ankommen und keine ausgedörrten Brathähnchen. Hast du das verstanden. Sonst lege ich dir persönlich den Kopf vor die Füße."

„Ja, Herr, aber der Turtanu…"

„Wer ist der erste Diener Assurs und sein Wille auf Erden?"

„Unser König natürlich!"

„Und sein verlängerter Arm ist die Mutter des Königs. Von wem also empfängst du deine Befehle?"

„Von ihr, Herr!"

„Merk dir das besser. Und wenn der Turtanu anderer Meinung ist, dann kann er gerne mit der Königinmutter oder mir darüber diskutieren."

„Ja, Herr."

Nachdenklich schauten die beiden Gefangenen dem General nach.

„Er weiß genau, was mit uns geschehen wird."

„Das vermute ich auch", antwortete Aras gedehnt. „Sie werden uns nach allen Regeln ihrer Kunst vor dem Tempel Assurs oder Ischtars zu Tode Foltern. Ich bete inständig zu unserem Gott El, dass sie wenigstens meine Frau und die Kinder verschonen."

„Das tue ich auch", erwiderte Dagan. Er bezweifelte es allerdings im Geheimen.

In den frühen Morgenstunden des übernächsten Tags überquerte das Heer bei Mari den Euphrat und zog dann weiter durch das von der Sonne verbrannte Land dem Tigris entgegen. In der alten Reichsstadt Assur besuchte Sammuramat das Grab ihres Gemahls in der Königsgruft und betete im alten Tempel des Gottes Assur für ihren verstorbenen Gatten und ihren Sohn, den König, bevor sie weiter nach Kalchu aufbrechen ließ. Hier verschwanden die beiden Gefangenen im Kerker des Palasts, während die Königin und ihre beiden Töchter in einem Turmgemach eingesperrt wurden.

Schamschi-ilu wies die Königinnenmutter an, ihr zu folgen. Auf dem Exerzierplatz traf Sammuramat auf ihren Sohn und dessen Ausbilder. Eine Weile schaute die Königin dem Sohn beim Bogenschießen zu. Dann wandte sie sich an Schamschi-ilu. „Zeig du mir, wie du mit Pfeil und Bogen umgehen kannst", forderte sie den Knaben auf, während sie von einem Reitknecht beides herbeibringen ließ und dann ihren Sohn aufforderte, sich zu ihr zu stellen. Beide verfolgten sie, wie der Junge den Bogen spannte und den Pfeil sicher ins Ziel brachte.

„Nicht schlecht", meinte Adad-Narari anerkennend. „Du schießt besser als ich."

Sammuramat lächelte zufrieden, denn es freute sie, dass ihr Sohn in der Lage war, das Können eines anderen neidlos anzuerkennen.

„Das", sagte Sammuramat, „ist der König von Assur, mein Sohn, Adad-Narari." Augenblicklich kniete der Junge vor dem wenig älteren Knaben nieder. „Und das, mein Sohn, ist Schamschi-ilu, der Neffe des Königs von Byblos."

„Der, der bei uns im Kerker sitzt?", fragte Adad-Narari neugierig.

„Ja", antwortete Sammuramat. „Aber das ist eine andere Geschichte. Ich möchte, dass er von nun an dein Ziehbruder wird. Er scheint mir begabt und wird dem Land Assur und seinem Gott später sicher einmal gute Dienste erweisen. Behandle ihn wie einen Freund und Bruder, nicht wie einen Bediensteten."

„Wie du wünscht, Mutter", meinte Adad-Narari, sein Gegenüber musternd. „Steh auf und komm mit. Nach dem Bogenschießen kommt das Streitwagen fahren. Bist du schon einmal in einem Streitwagen gefahren?"

Zufrieden nickend wandte Sammuramat sich an den Waffenmeister ihres Sohns. „Bilde ihn mit meinem Sohn aus und kümmere dich um ihn. Im Augenblick hat er einen schweren Stand."

Der alte Kempe, der vor Jahren in einer Schlacht am Bein so schwer verletzt worden war, dass er als aktiver

Soldat nicht mehr kämpfen konnte, verneigte sich vor der Regentin.

„Eine gute Wahl, Herrin. Ich glaube, die beiden werden sich gut ergänzen."

„Darauf vertraue ich", meinte Sammuramat, bevor sie den Platz verließ.

Erschöpft von der Reise nach Ninive und den dort geführten Verhören, bei denen nicht selten mit Folter hatte nachgeholfen werden müssen, um die Wahrheit zu finden, betrat Sammuramat das Arbeitszimmer Mutarris-Assurs.

„Nun, General? Was haben wir?"

Der General nickte zuversichtlich. „Ich denke, wir haben alles, was wir für morgen benötigen."

„Und unser Gast, ist er inzwischen eingetroffen?"

„Das ist er. Ich habe ihn im Sommerhaus unter anderem Namen unterbringen lassen. Er wird pünktlich zur Stelle sein."

„Nun", meinte Sammuramat beruhigt. „Dann lassen wir für morgen die vier Großen des Reichs zusammenkommen."

Gemeinsam besprachen sie, wie sie vorzugehen gedachten.

„Gut!", meinte die Regentin abschließend. „Dann lassen wir Dajjan-Assur erst einmal freie Hand und greifen erst ein, wenn er am Ende ist."

„So sollten wir es machen", stimmte Mutarris-Assur zu.

Als die Regentin gemeinsam mit ihrem Sohn am nächsten Vormittag den Thronsaal betrat, waren die vier führenden Minister des Reichs, der Generalstellvertreter, der Palastherold, der Großmundschenk und der Großintendant bereits anwesend. Schweigend nahm der junge König, sich die Anweisungen seiner Mutter noch einmal vor Augen führend, auf dem Thron Platz, während seine Mutter sich auf den etwas niedrigeren Stuhl neben ihrem Sohn niederließ.

„Es ehrt uns, dass der oberste Diener Assurs und Vertreter unseres Gottes auf Erden, unser König, heute selbst an der Sitzung teilnimmt", meinte Dajjan-Assur überrascht.

„Nun, ich denke, es wird für mich Zeit, mich mit dem, was in meinem Reich vor sich geht, zu beschäftigen."

„Gut, dann wollen wir mit den eingetroffenen Tributzahlungen beginnen. Bel-uballit, du als Schatzmeister, berichte unserem König."

Es folgte eine unendlich erscheinende Liste von Eingängen und Außenständen der geleisteten Tributzahlungen der Vasallenstaaten, bis Adad-Narari das Gähnen kaum noch unterdrücken konnte.

„Und nun kommen wir zu dem Fall der Stadt Byblos, die den vereinbarten Tribut unserem Gott Assur verweigert und eine aufwendige Kampagne unseres Heers in den Süden notwendig gemacht hat. Führt die Verbrecher herein."

König Aras, der vor fünf Jahren die Nachfolge seines verstorbenen Vaters Belda angetreten hatte, und sein Halbbruder Dagan wurden in Ketten, nur mit einem schmalen Lendentuch bekleidet, vor den Rat geführt. Beide gingen sie wortlos vor dem Thron in die Knie.

„Ihr dürft euch erheben", erlaubte der junge König huldvoll. Nachdem beide aufgestanden waren, fuhr Adad-Narari fort: „Man wirft euch vor, unserem Gott Assur seine Tributleistungen vorenthalten zu haben. Entspricht das den Tatsachen?"

„Ja, aber…"

„Kein aber!", unterbracht Dajjan-Assur. „Ihr habt den Tribut nicht bezahlt. Das allein zählt."

„Wir konnten nicht. Und das haben…"

„Schweig!", unterbrach Dajjan-Assur erneut. „Oder ich lasse dich vor deinem Tod noch auspeitschen."

Aras schwieg. Er wusste, sie sollten schuldig gesprochen werden, und das Urteil stand vermutlich auch bereits fest. Resigniert wanderte sein Blick vom König weiter zur Königsmutter, die dem Ganzen bis jetzt kommentarlos gelauscht hatte. Für einen Augenblick glaubte er, einer Sinnestäuschung zu erliegen, als er in der Regentin Semiramis erkannte, jenes Mädchen, das er seinerzeit von Askalon nach Harran begleitet hatte und die ihm damals mit Sicherheit das Leben gerettet hatte, indem sie ihn aus den Fängen Najas befreite. Doch hatte sie nicht auch gesagt, er solle ihr nie wieder unter die Augen treten?

Sammuramats Blick streifte kurz den des Königs und blieb dann an dessen Bruder hängen. Aras war als einer der schönsten Männer seiner Zeit bekannt. Sein Bruder hatte ein weitaus markanteres, schmales Gesicht, dunkelblondes Haar, ebenfalls blaue Augen und einen nicht ganz so muskulösen Oberkörper wie der König. Doch etwas an ihm sprach Sammuramat weit mehr an als der Bruder. Ein längst vergessen geglaubtes Gefühl in ihrem Körper machte sich plötzlich bemerkbar. Zornig verbot sie sich, in diesem heiklen Augenblick weiter daran zu denken.

„Ich denke, dass der Fall klar ist, mein König, Regentin. Auf Verrat steht der Tod, ein Tod, der andere davon abhält, den gleichen Fehler wie Byblos zu begehen und dem Land Assur weitere aufwendige Strafexpeditionen abnötigt."

„Was schwebt dir als Strafe für diesen Verrat vor?", fragte Adad-Narari neugierig.

„Sie sollte eine durchschlagende und abschreckende Wirkung haben. Daher halte ich es für angemessen, die Familie des Königs bei lebendigem Leib auf dem Scheiterhaufen öffentlich zu verbrennen. Das sollen die beiden Brüder noch erleben dürfen, bevor wir ihnen die Augen ausstechen, die Hände und Geschlechtsorgane abhacken und sie dann langsam auf dem Pfahl sterben lassen. Stimmt der Rat mit der Strafe mit mir überein?"

Die Angesprochenen nickten ausnahmslos.

Sammuramat sah die beiden gefangenen Männer erbleichen. Vermutlich hatten sie mit einer solch harten Strafe nicht gerechnet.

Hilfesuchend schaute Aras sich um. Die kalten Augen des Turtanu verrieten ihm, dass er vor diesem keine Gnade finden würde. Also warf er sich vor dem Thron des Königs nieder. „Mein Herr und König. Wenn dies meines Bruders und meine Strafe sein soll, so werden wir sie hinnehmen. Aber ich bitte dich, verschone unsere Familien. Bestrafe sie nicht für meine Unfähigkeit. Ich bitte dich. Hab Erbarmen."

„Steh auf, König Aras", befahl Adad-Narari streng. „Ich werde über deine Bitte, falls nötig, nachdenken. Doch zuvor erteile ich meiner edlen Mutter, Königin Sammuramat, das Wort."

„Was gibt es…?", begehrte Dajjan-Assur auf.

„Schweig", fuhr der König ihn an. „Die Regentin hat das Wort."

Sammuramat schwieg, bis Ruhe im Thronsaal eingekehrt war. Alle Blicke waren schließlich auf die zierliche Regentin in blauer Pluderhose und blauem Überwurf, das Gesicht unverschleiert, das schwarze Haar sorgfältig zusammengesteckt und von Perlensteckern gehalten, gerichtet. Als einzigen Schmuck trug sie wie immer seit Schamschi-Adads Tod den Siegelring ihres verstorbenen Mannes an einer lange Goldkette um den Hals. Als könnte sie ihm Kraft entnehmen, umfasste sie ihn kurz mit der Hand, dann winkte sie Mutarris-Assur, der die Türen des Thronsaals öffnen und entlang der Wände des Thronsaals die Leibgarde der Königin Aufstellung nehmen ließ.

„Was wird das?", fragte Dajjan-Assur aufgebracht. „Hast du einen Staatsstreich geplant?"

„Nein," antwortete die Regentin schlicht. „Ich will nur sicher sein, dass man mir und meinen Ausführungen auch bis zum Ende folgt. Es wird noch ein interessanter Vormittag werden, meine Herrn Minister. Darauf könnt ihr euch verlassen. Tritt näher, König Aras, und berichte mir, warum Byblos den fälligen Tribut seit zwei Jahren nicht entrichtet hat."

„Aber…" begehrte der Turtanu erneut auf.

„Du schweigst jetzt, Dajjan-Assur, oder ich verweise dich des Saals. Also, König Aras. Ich höre."

Aras kniete vor dem Thron nieder. „Es war uns nicht möglich, Gebieterin. Unsere Kornspeicher wurden niedergebrannt, unsere Brunnen vergiftet, woran unser Vieh und unsere Herden starben, unsere Felder, Plantagen und Gemüsegärten wurden niedergemacht, unsere Zedernholzsendungen überfallen und Schiffe kamen auch keine mehr in unserem Hafen an. Piraten lauerten vor unserer Hafeneinfahrt. Sie fingen alle hinausfahrenden und hereinkommenden Schiffe ab und versenkten sie."

„Das alles zusammen kann doch aber unmöglich Zufall oder Unglück sein?"

„Nein, Königin, gewiss nicht."

„Und was hast du unternommen?"

„Ich habe versucht herauszubekommen, wer hinter all dem steckt. Aber es ist mir nicht gelungen. Darüber hinaus habe ich Harran von den Vorfällen berichtet, aber nie eine Antwort erhalten. Als mir klar wurde, dass ich unmöglich den Tribut für euch würde aufbringen können, habe ich abermals nach Harran und an den Königshof geschrieben und um Stundung gebeten. Aber es ist wieder keine Antwort gekommen."

„Das würde ich jetzt auch behaupten", fuhr Bel-uballit dazwischen. „Aber lässt sich dies auch beweisen? Wo sind die Schreiben?"

Sammuramat nickte. „Das ist tatsächlich eine gute Frage, die ich mir auch gestellt habe, Bel-uballit. Setz dich mit deinem Bruder auf die Bank dort drüben, König Aras, falls ich noch Fragen haben sollte. Ja, wo sind die Schreiben geblieben? Kannst du mir das beantworten, Dajjan-Assur, da doch gleich zwei Schreiben an dich gingen?"

„Ich habe nicht eins erhalten", brummte der Turtanu.

„Merkwürdig, dachte ich mir! Doch dann fiel mir ein, dass von allen versendeten Schreiben bei uns eine Kopie gefertigt wird, die im Tempelarchiv verwahrt wird. Darum erkundigte ich mich, ob es ein solches auch in Byblos gebe. Und sieh an, im Tempel des El fand ich Kopien der Schreiben an Harran und den König."

„Die können nachträglich angefertigt worden sein. Und überhaupt, warum so ein Aufwand wegen eines abtrünnigen Königs. Wenn wir um jeden Rebellen einen solchen Aufwand betreiben würden…"

„Schweig endgültig, Dajjan-Assur", unterbrach ihn der junge König scharf.

Sammuramat fuhr unbeeindruckt fort: „Bring mir diese Kopien aus Byblos, Enru, zusammen mit dem Vorsteher der königlichen Schreibstube, Assur-Nadin."

Nachdem der Schreiber der königlichen Schreibstube eingetreten und sich vor dem Thron verneigt hatte, zeigte Sammuramat ihm das letzte Schreiben, das an den König gerichtet war.

„Kennst du dieses Schreiben?", fragte sie und reichte ihm die Kopie.

„Ja, Herrin, es erreichte uns vor etwa einem Jahr. Der Turtanu nahm es an sich, weil er meinte, damit müsse man die Regentin nicht behelligen."

„Ich danke dir, Assur-Nadin. Und lerne daraus für die Zukunft, dass den König und die Regentin jedes an sie gerichtete Schreiben interessiert und sie selbst bestimmen, was ihnen wichtig und unwichtig erscheint."

„Ja, Herrin."

„Gut, du kannst gehen."

Sammuramats Blick streifte den Turtanu zornig.

„Ich habe es gut gemeint", entschuldigte sich der Turtanu.

„Nun gut. Eben sagtest du noch, es hätte dieses Schreiben nie gegeben. Aber ich will es kurz machen und zum Kern kommen, auch wenn ich euch hier eine riesige Liste von Ungereimtheiten und Zeugen, die ich verhört habe, liefern könnte."

„Und dieser Aufwand nur wegen dieser beiden dort drüben auf der Anklagebank?", fragte Bel-uballit empört.

„Nein, um diese beiden Männer und ihre Familien geht es mir nur nebenbei, auch wenn ihnen trotz allem Gerechtigkeit widerfahren sollte. Aber hier geht es um etwas ganz anderes, um einen Verräter in unseren Reihen. Und das ist keine Kleinigkeit. Bitte, Mutarris-Assur, führe meinen Gast herein, den König von Tyros."

Ergeben sank dieser vor dem Thron nieder. „Mein König, Herrin."

Sammuramat sah genüsslich, dass Dajjan-Assur leichenblass wurde.

„König, ich bitte dich, erzähle dem hohen Rat der Vier, was du mir berichtet hast."

„Gerne, Herrin. Es war kurz nach dem Tod deines verehrten Gemahls, unseres geliebten Königs Schamschi-Adad, da erhielt ich ein Schreiben des Generalstellvertreters von Assur, Dajjan-Assur, indem er mir deutlich zu verstehen gab, dass eine Frau als Regentin für den minderjährigen Sohn des Königs nicht tragbar sei. Ich solle mich mit anderen Stadtstaaten Syriens zusammentun und einen Aufstand gegen dich, Sammuramat, einfädeln. Wenn sich nur genügend gegen dich erheben würden, wäre deine Regentschaft gleich beendet. Alle versprachen sie, sich dem Aufstand anzuschließen, Sidon, Arwad, Ugarit, Damaskus,

Megiddo und Samaria, nur Byblos sprach sich dagegen aus. Darum befahl der Turtanu mir, Männer anzuheuern, die dafür sorgen sollten, dass Byblos in eine verzweifelte wirtschaftliche Lage geriet. Ich führte den Auftrag des Turtanu aus. Doch dann drang die Kunde zu uns, dass du, Herrin, in nur wenigen Tagen die Mauern von Babylon gesprengt hättest und die Stadt in deiner Hand sei. Eine Stadt nach der anderen fiel von dem Bündnis ab. Keiner wollte sich mehr gegen dich erheben. Doch Byblos war ruiniert."

„Das ist gelogen", schrie Dajjan-Assur auf.

„Fast wollte ich dies auch glauben, Turtanu", versicherte die Regentin, „wenn ich das Ganze nicht schriftlich vorliegen gehabt hätte. Darum erscheint es mir auch überflüssig, weitere Zeugen und Beweise anzuführen. Die Aussage meines Gasts und die dazugehörigen Schriftstücke – ihr, meine Herrn Minister, dürft sie gern einsehen – reichen mir, sonst würde die Versammlung noch bis heute Abend dauern. Du, Dajjan-Assur, wirst von mir des Verrats an unserem Gott und König angeklagt. Ist hier jemand im Saal, der von der Schuld des Angeklagten nicht überzeugt ist? – Niemand? – Nun, dann verurteile ich dich Kraft meines Amts zum Tod. Deine Art des Todes hast du vorhin selbst bestimmt. Das Urteil soll sofort vollstreckt werden. Doch im Gegensatz zu dir kenne ich Erbarmen. Deine Familie muss nicht auf dem Scheiterhaufen brennen. Aber dein gesamtes Vermögen wird eingezogen und deine Familie auf Lebenszeit aus dem Land verbannt. Mutarris-Assur, sorge dafür, dass meine Befehle ausgeführt werden."

„Das kannst du nicht machen, Sammuramat. Das könnt ihr nicht zulassen."

Doch keiner machte Anstalten, sich dem Willen der Regentin zu widersetzen.

„Beantworte mir noch eine letzte Frage, Dajjan-Assur. Warum hast du Marduk-balassu-iqbi, den König von Babylon, überfallen und töten lassen?"

„Weil der Frieden, den Schamschi-Adad auf dein Betreiben mit dem König von Babylon geschlossen hat, unehrenhaft und unvorteilhaft für Assur war. Er musste revidiert werden."

„Ja", antwortete Sammuramat zornig. „Und darum ist mein Gemahl vor den Toren Babylons gefallen. Wahrlich, du hast den Tod verdient." Flüsternd fügte sie hinzu, den Siegelring Schamschi-Adads ans Herz drückend: „Jetzt, mein Gemahl, jetzt ist dein Tod gesühnt. Aber auch diese Sühne bringt dich mir nicht wieder zurück."

Nachdem Dajjan-Assur aus dem Saal entfernt worden war, wandte sich die Königin erneut an ihre Minister: „Im Namen des Königs ernenne ich Nergal-ilaja zum neuen Generalstellvertreter Assurs und unterstelle ihm die syrischen Provinzen. Dem König von Tyros habe ich

Straffreiheit zugesagt, wenn er morgen seinen Treueschwur vor meinem Sohn erneuert. Dich, Bel-uballit entlasse ich aus deinem Amt wegen Unfähigkeit. Als neuen Palastherold ernenne ich Bel-dan. Du, Sil-beli, bleibst Großmundschenk und du, Assur-taklak, Großintendant. Das Eponymat übernimmt für das nächste Jahr Adad-Narari, unser König selbst. Die Urkunden für die Ernennungen sollen ausgefertigt und bei der Vereidigung des Königs von Tyros überreicht werden."

Lächelnd wandte sie sich an ihren Sohn. „Du hast deine Aufgabe hervorragend erfüllt. Ich bin stolz auf dich, mein Sohn. Für heute hast du genug getan. Und wir, meine Herren, werden jetzt einer Hinrichtung beiwohnen. In weiser Voraussicht hat Dajjan-Assur ja alles bereits dafür vorbereiten lassen."

Die Regentin erhob sich, um den Saal zu verlassen, als sich König Aras vor ihr auf die Knie warf.

„Ach ja", meinte Sammuramat. „Wie es scheint, habe ich dir zum zweiten Mal wider Willen das Leben gerettet. Alles Weitere besprechen wir demnächst. Einer meiner Diener wird dir Räume zuweisen. Du und die deinen dürfen sich in der Stadt frei bewegen, aber es ist euch bei Todesstrafe verboten, die Stadtgrenze zu passieren."

König Aras nickte. „Danke", stieß er erleichtert hervor. Doch Sammuramat hatte ihren Blick bereits von ihm abgewendet. Einen Augenblick lang taxierte sie den neben dem König knieenden Bruder, bevor sie sich abwandte und verschwand.

„Welch ein Unterschied zu unserem Kerker", meinte Aras, sich in den zugewiesenen Gemächern umschauend. Fast glaubte er, seinen Augen nicht zu trauen, als er seine Frau und seine zwei Töchter wartend vorfand. Erleichtert atmete er durch, wussten die drei doch nicht, welches Schicksal ihnen vom Turtanu zugedacht gewesen war. Zitternd schloss er sie in die Arme, noch immer leicht zitternd wegen des Urteils, das über ihnen gehangen hatte.

„Und mein Sohn?", fragte Dagan einen der Bediensteten.

„Dem geht es gut. Du musst dir keine Sorgen um ihn machen." Mit dieser Aussage erschöpften sich die Antworten. Mehr war aus den Dienern nicht herauszubekommen.

Nachdem Dagan eine Weile gewartet hatte, bis sich die Freude über das Wiedersehen gelegt hatte, zog dieser seinen Bruder diskret beiseite. „Du kennst die Regentin?", fragte er ungläubig.

Aras nickte. „Ja. Doch wusste ich bis vorhin nicht, dass sie das ist. Semiramis! Ich habe sie vor langer Zeit von Askalon nach Harran im Auftrag des Turtanu Onnes geleitet."

„Das Mädchen, von dem du noch monatelang gesprochen hast nach deiner Rückkehr?"

„Ja, das Mädchen. Sie hat mir damals mit Sicherheit das Leben gerettet, indem sie Onnes überredete, mich nach Hause gehen zu lassen. Anderenfalls hätte Naja mich gewiss umbringen lassen. Ich glaubte, sie sei tot. Man erzählte sich damals, dass Naja sie habe vergiften lassen. – Und nun ist sie die Königin Assurs."

„Und was für eine Königin! Ich habe noch niemals eine Frau mit solcher Ausstrahlungskraft, natürlicher Autorität und einem solchen Machtbewusstsein erlebt."

„Ja", antwortete Aras nachdenklich. „Vater hat das schon damals erkannt, obwohl er ihr nur ganz kurz begegnet war."

11.

Freudig erregt betrat Sammuramat den Thronsaal. Fassungslos blickte sie die beiden jungen Männer an, die hier auf sie warteten.

„Seid ihr es wirklich? Ich kann es nicht fassen. Ihr wart damals noch so klein, als ich euch das letzte Mal sah. Wie die Zeit vergangen ist. Heute stehen zwei gutaussehende, erwachsene junge Männer vor mir, auf die ich wirklich stolz sein kann."

Die Freude der Regentin war nicht zu übersehen. Doch ihre Gegenüber zeigten keinerlei Reaktion. Sammuramat war es, als stieße sie auf eine Wand aus Eis.

„Herrin Sammuramat, du hast uns zu dir befohlen. Was wünscht die Königin von Assur von uns?", fragte Hyapates, der ältere der beiden Brüder.

„Ich hatte nach all den Jahren den Wunsch, meine Söhne wiederzusehen. Ist das so falsch?", fragte Sammuramat, die Ablehnung, die ihr entgegenschlug, ignorierend. „Ich möchte euch am Hof hier in Kalchu bei mir haben und euch Karriere und Auskommen sichern."

„Wir sind all die Jahre ohne Mutter zurechtgekommen. Nun, da wir erwachsen sind, benötigen wir keine Mutter mehr."

„Ich höre den Vorwurf aus deinen Worten, mein Sohn, und ich gebe zu, ich fühle mich schuldig. Aber ich werde alles tun, was in meiner Macht steht, um das, was ich versäumt habe, wiedergutzumachen. Das verspreche ich euch."

„Da ist nichts mehr gutzumachen", antwortete Hydaspes, der jüngere der beiden. „Du hast uns alleingelassen, nachdem Vater sich wegen dir das Leben nahm. Ohne Zögern und Reue bist du Schamschi-Adad gefolgt und hast uns zurückgelassen. Nicht einmal in all den Jahren hast du uns besucht. Hätten wir Satibara nicht gehabt, ich weiß nicht, was aus uns geworden wäre."

„Ich habe mich immer erkundigt, wie es euch geht. Ich habe dafür gesorgt, dass ihr eine gute Ausbildung und Erziehung bekommt."

„All das ersetzt einem Knaben aber keine Mutter, die für einen da ist. Für unseren Halbbruder, Adad-Narari, bist du immer dagewesen. Vermutlich hatte er den richtigen Vater, einen König, während der unsere ja nur ein ältlicher Herr war, der sich in ein junges unerzogenes Mädchen verliebt hatte. Jetzt brauchst du uns deine Muttergefühle nicht mehr antragen. Wir brauchen sie nicht."

„Aus deinen Worten spricht nicht nur Zorn, sondern Hass, mein Sohn", stellte Sammuramat nüchtern fest. „Aber so soll es sein. Wenn ihr meine Zuneigung nicht wollt, dann braucht ihr sie auch nicht entgegennehmen. Meldet euch in der Kaserne. Für jeden von euch ist dort ein Platz reserviert. Ihr werdet zu Offizieren der assyrischen Armee ausgebildet. Solltet ihr eure Einstellung überdenken, so könnt ihr jederzeit zu mir kommen. Ihr seid entlassen."

Traurig blickte Sammuramat ihren beiden Söhnen nach. Zum Teil konnte sie sie verstehen. Doch diesen abgrundtiefen Hass hatte sie dennoch nicht verdient.

„Du solltest sie wieder zurücksenden auf das Gut, Herrin," meinte Mutarris-Assur. „Es wird kein Glück bringen, sie hierzubehalten."

„Vielleicht hast du sogar recht. Aber ich kann nicht. Lass sie im Auge behalten. Und nun lass mir den König von Byblos rufen. Es wird Zeit, diese Angelegenheit zu einem Ende zu bringen."

„Ja, Herrin."

Als wenig später König Aras vor Sammuramat das Knie senkte, war diese noch immer tief enttäuscht von dem Wiedersehen mit den beiden Söhnen. Doch was hatte sie erwartet?

„König Aras, erhebe dich und setze dich. Ich möchte mit dir über die Zukunft von Byblos und deiner Familie sprechen."

Nachdem der König auf einem Hocker weit unterhalb des Königinnenthrons Platz genommen hatte, begann Sammuramat nachdenklich: „Es ist lange her, seit wir uns gesehen haben. Inzwischen bist du deinem Vater, den ich für einen weisen Herrscher hielt, nachgefolgt. Sehr erfolgreich scheint sich deine Herrschaft für dein Volk aber nicht ausgewirkt zu haben. Es hungert. Wie konnte dir das passieren? Hast du denn nicht bemerkt, was um dich herum vor sich geht?"

„Als ich es merkte, war es zu spät, Gebieterin. Das Einzige, was ich für mein Volk dann noch tun konnte, war, mich und meine Familie euch auszuliefern, um die Stadt und deren Bevölkerung zu schonen."

„Ja – und damit bist du direkt in die Hände deines größten Feindes gelaufen. Nun denn. Ich erwarte von dir, dass du morgen vor den versammelten Großen des Reichs Assur meinem Sohn, dem König, erneut die Treue und Vasallenschaft schwörst. Danach kannst du mit deiner Frau und deinen Töchtern heimkehren. Für den erlittenen Schaden durch die Machenschaften des Turtanus Dajjan-Assur wirst du aus seinem eingezogenen Vermögen entschädigt werden, damit du die Schäden beseitigen und deinem Volk eine Zukunft geben kannst. In zwei Jahren erwartet unser Gott Assur den ersten Tribut, der dann wieder jährlich folgen wird. Bis der erste Tribut hier eintrifft, werden dein Bruder und sein Sohn an meinem Hof als Geiseln bleiben. Damit wäre alles gesagt."

Einen Augenblick lang starrte Aras die Regentin von Assur an. Diese Frau war nicht mehr das junge, von Wildheit und Freiheitsdrang getriebene Mädchen. Dagan hatte recht. Sie war ein Machtmensch geworden, gewohnt Befehle zu erteilen und Gehorsam einzufordern. Und sie war sehr, sehr einsam auf ihrem Thron.

„Herrin, ich danke dir für deine Güte", sagte er schlicht, verneigte sich und ging.

Im Rat der großen Vier nahm man Sammuramats Plan für den Bau eines Nabutempels mitten in Kalchu verhalten auf.

„Es wird die Assurpriester erzürnen, wenn wir einen neuen Gott in unsere Hauptstadt einziehen lassen, noch dazu einen babylonischen Gott," meinte Nergal-ilaja kritisch.

„Sicher", antwortete Sammuramat, „Nabu ist der Sohn des Gottes Marduk, aber er ist der Gott der Weisheit und damit für jeden akzeptabel."

„Und wozu?", fragte Assur-taklak. „Haben wir nicht genügend eigene Götter?"

„Ja, die haben wir. Doch mit dem Bau eines Nabutempels können wir eine Brücke zu den Babyloniern schlagen und einer Aussöhnung unserer Völker näherkommen. Schließlich stammen wir alle vom gleichen Stamm ab. Wir können nicht länger an allen Fronten nur Feinde haben, die die Kriegsmaschine des Landes Assur ständig in Bewegung hält. Sollten unsere Feinde sich eines Tages zusammentun, dann werden wir untergehen."

Die Minister schienen wenig überzeugt, doch keiner wollte der Regentin weiter widersprechen. Allein Adad-Narari wagte es einzuwenden: „Warum sollten wir uns ausgerechnet den Babylonier annähern? Sie haben meinen Vater umgebracht."

Seit der junge König den Vorsitz im Eponymat übernommen hatte, nahm er regelmäßig an den Ratssitzungen teil.

„In diesem Jahr wird unsere tapfere Armee gegen die Mannäer im Osten ziehen. Für den Feldzug laufen bereits die Vorbereitungen. Deswegen wäre es hilfreich, mit den Babyloniern Frieden zu halten", antwortete Sammuramat.

Gegen diese Argumentation konnte niemand etwas anführen, auch der junge König nicht.

„Gut, Mutter, du sollst deinen Tempel für Nabu haben, einen kleinen Tempel, der unseren Hauptgott Assur nicht erzürnt. Wenn wir die Mannäer in die Knie gezwungen haben, werden wir sehen, wie es mit den Babyloniern weitergeht."

Damit war die Sitzung beendet. Sammuramat hatte ihren Willen bekommen. Sie fand es erfreulich, dass ihr Sohn langsam begann, seine eigenen Wege zu gehen. In zwei Jahren würde er volljährig werden und allein herrschen. Bis dahin musste sie ihn davon überzeugen, dass es für die Zukunft Assurs besser war, Babylon zum Freund zu haben. Hierüber war es schon mit ihrem Gatten Schamschi-Adad zu Meinungsverschiedenheiten gekommen und nun auch mit ihrem Sohn. Dabei lagen die Vorteile eines festen Friedensabkommens mit Babylon doch klar auf der Hand.

Dagan schaute den Diener der Königin ungläubig an. „Bist du dir sicher, dass sie mich meint?"

Seit sein Bruder mit seiner Familie nach Hause abgereist war, war es um den Bruder des Königs still geworden. Niemand kümmerte sich groß um ihn. Die Tage flossen in gleichmäßiger Eintönigkeit dahin. Den Fragen nach seinem Sohn wurde von den Dienern immer wieder nur ausgewichen und ihm beteuert, dass es Schamschi-ilu gut ginge. Doch wo er war, konnte er nicht in Erfahrung bringen. Eine Mauer des Schweigens hüllte ihn ein.

„Ganz sicher, Herr. Die Königin meint dich. Sie möchte wissen, ob du sie auf die Entenjagd begleiten willst."

„Sie meint wohl eher, dass ich zu erscheinen habe."

„Nein, Herr. Sie befiehlt nicht. Sie fragt dich. Doch ich an deiner Stelle würde gehen, vor allem, wenn ich mehr über meinen Sohn erfahren wollte."

Dagan nickte. „Ja, sag der Königinmutter, dass ich komme." Eine bessere Gelegenheit, den Verbleib seines Sohns zu erkunden, würde es wohl nicht mehr geben. Schon deshalb musste er zusagen.

„Gut, dann in einer halben Stunde bei den Pferdeställen."

Als Dagan eine halbe Stunde später bei den Pferdeställen erschien, standen zwei Pferde bereit. Ungläubig schaute der Prinz sich um.

„Wer reitet außer der Königin und mir denn sonst noch aus?", fragte er den Stallburschen.

„Niemand", antwortete Sammuramat, die hinter ihm erschien. „Ich hoffe, du hast keine Angst davor, mit mir allein auszureiten. Ich kann dir versichern, das Land um die Hauptstadt Kalchu ist absolut sicher. Niemand würde es wagen, die Hand gegen die Königinmutter zu erheben."

Unverzüglich sank Dagan vor der Regentin auf die Knie.

„Verzeih meine Frage, Herrin. Ich dachte nur…"

„… es müsste jemand mitkommen, der mich vor dir beschützt. Nun, keine Sorge. Ich kann mich sehr gut selbst beschützen. Ich denke, du hast bereits Enten gejagt."

„Ja, Herrin, aber ich bin kein sehr guter Jäger."

„Das macht nichts. Ich werde schon dafür sorgen, dass wir nicht mit leeren Händen zurückkehren. Suche dir einen Bogen aus." Sammuramat deutete auf eine Reihe von aufgehängten Bogen an der Wand des Pferdestalls. Sie selbst wählte einen kleinen, leichten Bogen und die passenden Pfeile.

Gemeinsam sprengten sie auf ihren Pferden aus dem Stadttor. Nach Monaten des Eingesperrt seins und der Untätigkeit fiel es Dagan schwer mit der Königinmutter mitzuhalten. An einer leichten, mit Schilfdickicht bewachsenen Flussbiegung zügelte Sammuramat ihr Pferd.

Die Königin deutete auf eine Gruppe von Enten, die auf dem Tigris ihre Kreise zogen. „Du hast den ersten Schuss", forderte sie ihren Begleiter auf. Dagan zielte, doch sein Pfeil verfehlte sein Ziel knapp. Die Enten flogen aufgescheucht in die Luft. Da landete bereits die erste Ente vor Sammuramat im Schilf. Sicher hatte ihr Pfeil den Hals der Ente durchschossen. Gleich darauf landete eine weitere Ente zu ihren Füßen.

„Wo hast du so schießen gelernt, Königin?", fragte Dagan überrascht.

„Einer Frau bringt man so etwas für gewöhnlich nicht bei. Ich habe es mir selbst beigebracht." Lachend fügte sie hinzu. „Ich glaube, zwei Enten genügen zum Abendessen. Den Rest wollen wir verschonen." Sie sammelte die beiden Enten ein, hängte sie an ihr Pferd, nahm die Wasserflasche, setzte sich ins Schilf und beobachtete eine Weile versonnen das Spiel der Wellen. Zögernd setzte Dagan sich neben sie. Nach einer Weile des Schweigens wagte er es, sie anzusprechen: „Darf ich dich etwas fragen, Herrin?"

„Sicher", antwortete Sammuramat. „Ob ich dir antworten werde, kann ich allerdings nicht versprechen."

Dagan nickte. „Wo ist mein Sohn? Jeder, den ich nach ihm frage, sagt mir, es gehe ihm gut. Doch keiner sagt mir, wo er ist."

Langsam wandte Sammuramat den Kopf und schaute ihn lange forschend an. „Bist du deshalb mit mir ausgeritten, um mich das zu fragen?"

„Unter anderem."

„Und was wäre der weitere Grund?"

„Es hat mich neugierig gemacht, zu erfahren, was du von mir willst. Sicher hast du mich nicht ohne Grund aufgefordert, dich zu begleiten."

Sammuramat lächelte. „Nun, da hast du gewiss recht, zumal du beim Jagen keine große Hilfe zu sein scheinst."

Dann schwieg sie wieder lange, schaute weiter dem Wellenschlag des Flusses zu und schien nachzudenken.

„Deinem Sohn geht es wirklich gut", meinte sie plötzlich, aus ihren Gedanken auftauchend. „Er ist ein wirklich begabtes Kind, das man fördern muss. Wenn du willst, kannst du ihn sehen. Dem steht nichts entgegen."

„Das wäre wirklich großzügig von dir, Gebieterin."

Wieder herrschte eine Weile Schweigen zwischen ihnen. Dann wandte Sammuramat ihm wieder ihren Kopf zu. „Was das andere betrifft, so hast du ebenfalls recht. Ich wollte dich ein wenig näher kennenlernen."

„Mich? Warum ausgerechnet mich? Seit wann verschwendet die Regentin von Assur ihre Zeit mit einem Niemand?"

„Weil sie dich zu ihrem Liebhaber machen will", entgegnete Sammuramat offen.

„Mich?" Dagan konnte es nicht fassen.

Sammuramat nickte entschlossen. „Du bist mir im Thronsaal sofort aufgefallen. Darum habe ich dich am Hof von Kalchu behalten." Als sie in das verwirrte Gesicht ihres Gegenübers blickte, lächelte sie verschmitzt. „Jetzt habe ich dich schockiert, eine Königin, die so offen sagt, was sie will. Denk darüber in Ruhe nach. Ich lasse dir Zeit. Wenn ich dir meine nächste Einladung sende, solltest du wissen, was du willst. Solltest du dich gegen mein Angebot entscheiden, brauchst du nichts zu fürchten. Es werden dir keine Nachteile entstehen. Das verspreche ich dir. Und jetzt lass uns zurückreiten."

Gemächlich ritten sie zurück, jeder in seine Gedanken versunken. Als sie durch das Palasttor zu den Ställen kamen, abstiegen und die Pferde einem Stallburschen übergaben, rief die Königin einen ihrer dienstbereiten Leibwächter zu sich: „Bring den Prinzen Dagan zu seinem Sohn und richte dem König aus, dass ich ihn morgen zu sehen wünsche. Ich möchte mit ihm über eine allgemeine Aushebung von Rekruten für den Feldzug gegen die Mannäer sprechen."

Dann verschwand sie wortlos. Dagan schaute ihr immer noch sprachlos hinterher, sich nicht sicher, ob sie sich mit ihm einen Scherz erlaubt hatte. Unschlüssig, was er denken sollte, folgte er dem Leibwächter, der vor einer großen, von zwei Soldaten bewachten Bronzetür stehen blieb. Die Tür öffnete sich, nachdem er den wachhabenden Soldaten seinen Auftrag mitgeteilt hatte. Unversehens stand Dagan dem König und seinem Sohn Schamschi-ilu gegenüber, die offensichtlich in ein Brettspiel vertieft gewesen waren. Dagan sank vor dem König auf die Knie.

„Mein König."

„Steh auf, Prinz Dagan. Du möchtest deinen Sohn sehen. Gut, ich will euch allein lassen, damit ihr ungestört miteinander reden könnt."

Der dreizehnjährige König erhob sich und ließ die beiden allein zurück.

Beide hatten sich viel zu berichten, Dagan darüber, wie sie alle nur knapp dem Henker entkommen waren, Schamschi-ilu, dass er von Anfang an unter dem Schutz der Königin gestanden hatte, sie ihn sofort nach der Ankunft in Kalchu zum König gebracht hatte und ihn nun zusammen mit dem König ausbilden ließ.

„Ich darf mich Freund des Königs nennen, Vater. Inzwischen kann ich einen Streitwagen lenken und von ihm mit Sicherheit Pfeil und Bogen abschießen."

Die Begeisterung seines Sohns rief in Dagan gemischte Gefühle hervor. Sicher war er froh, dass es seinem Sohn gut ging, aber gleichzeitig spürte er deutlich, dass er ihn an den Gott Assur und seinen König verlieren würde.

Tage, ja Wochen zogen ins Land, ohne dass Dagan von der Regentin ein Wort hörte. Langsam war er sich sicher, dass Sammuramat es sich anders überlegt hatte und er ihr keine Antwort würde geben müssen. Doch dann kam sie doch, die Anfrage der Königin, ob er am kommenden Abend mit ihr speisen würde? Er solle bis zum Mittag des nächsten Tages Antwort senden. Dagan wusste nicht, was er tun sollte. Gewiss, die Königinmutter war noch immer eine überaus schöne und begehrenswerte Frau, vermutlich die schönste, die ihm je begegnet war. Doch sie war auch so anders als die Frauen, die ihm bisher begegnet waren. An ihr war nichts Anschmiegsames, Zärtliches, Schutzbedürftiges wie an anderen Frauen, sondern eine Wildheit, die einen Mann wie ihn eher erschreckte als anzog. Und sie war die Regentin, Mutter des Königs, des größten und mächtigsten Staats der bekannten Welt. Was würde geschehen, wenn er ihren Ansprüchen nicht genügte? Er war ihre Geisel, also eigentlich nichts anderes als ihr Gefangener. Fragen quälten ihn, auf die er keine Antwort wusste. Doch am nächsten Mittag war ihm klar, dass er der Königin unmöglich absagen konnte, und eigentlich auch nicht wollte. Was geschehen würde, das lag allein in der Hand der Götter.

Unsicher sank Dagan vor der Regentin auf die Knie. „Herrin!"

Deutlich spürte Sammuramat seine Unsicherheit. Doch wie sollte sie sie ihm nehmen, war sie doch selbst unsicher, da es das erste Mal war, dass sie einen Mann auf diese Art und Weise zu sich rief. Sie war sich ihrer Macht bewusst. Doch hier und jetzt sollte sie keine Rolle spielen.

„Steh auf. Setz dich." Mit der Hand deutete sie auf die Kline ihr gegenüber. „Es freut mich, dass du meiner Einladung gefolgt bist."

„Du ehrst mich, Königin", antwortete Dagan kurz.

„Dass du es als Ehre empfindest, freut mich. Du musst wissen, es ist lange her, sehr lange, dass ein Mann bei mir lag. Seit dem Tod meines Mannes nicht mehr, um es genau zu sagen. Doch ich bin noch nicht so alt, um für den Rest meines Lebens darauf zu verzichten."

„Du hast so viele junge, gutaussehende Männer um dich gescharrt? Ich verstehe es nicht. Warum ich?"

Sammuramat winkte den Diener mit Essen und Wein herbei.

„Hast du dich einmal gefragt, was geschieht, wenn ich einen von diesen großen, mächtigen Männern Assurs in mein Bett ließe? Er würde schon bald Ansprüche auf die Macht und den Thron Assurs geltend machen. Mein Sohn wäre in Gefahr. Nein, einen meiner Edlen werde ich nie an mich heranlassen."

Die Argumentation der Königin konnte Dagan durchaus nachvollziehen. Einen der ihren zu wählen, würde böses Blut, Intrigen und Machtansprüche nach sich ziehen.

Er nickte. „Dennoch, warum gerade ich? Mein Bruder ist der weitaus besser Aussehende. Warum hast du ihn nicht in dein Bett genommen?"

Sammuramat lachte. „Weil dein Bruder zwar ein gutaussehender Mann ist, keine Frage, aber seine geistige Kompetenz, verzeih, wenn ich das so offen sage, zu wünschen übriglässt. Ich brauche einen Mann an meiner Seite, der einen gewissen geistigen Weitblick hat. Ich habe dich gesehen, und ich habe gewusst, du bist es."

Dagan verstummte. Schweigsam speisten sie, während Dagan immer wieder den Blick der Königin suchte. Er wurde aus dieser Frau nicht schlau, auch wenn er glaubte, dass sie ihm gegenüber offen und ehrlich gewesen war. Auf jeden Fall musste sie als Königin den Anfang machen. Er als ihr Untergebener konnte nur abwarten.

Dies war auch Sammuramat bewusst. Noch einen Augenblick zögerte sie, überlegte, ob sie dies wirklich tun wollte, dann wusste sie, dass es kein Zurück mehr gab. Ihr Körper brannte schon so lange vor Verlangen, sehnte sich nach Befriedigung. Das Feuer in ihr musste gelöscht werden.

„Komm rüber zu mir." Er kniete vor ihrer Kline, sie zog seinen Kopf zu sich empor. Er versank in dem Meer ihrer blauen Augen. Ihre Lippen fanden sich. Dann ging alles wie von selbst.

Er war ein anderer Liebhaber als ihr verstorbener Gemahl. Bei Schamschi-Adad war die Liebe stets feurig, stürmisch und wild gewesen. Dagan hingegen war zärtlich, einfühlsam und ausdauernd. Er schien es zu genießen, sie erzittern und beben zu lassen. Erst als er sicher war, sie mehrmals zum Höhepunkt gebracht zu haben, ergoss er sich in sie.

Nach Luft ringend lag Sammuramat da. Ihr Körper wollte gar nicht aufhören zu beben. Wie sehr hatte sie das vermisst.

Auch Dagans Körper zitterte und bebte einem Erdbeben gleich nach. In dem Augenblick, in dem er von ihr glitt, wusste er, dass er ihr hoffnungslos verfallen war. Noch niemals hatte er eine sinnlichere Frau erlebt, die sich so rückhaltlos einem Mann hingeben konnte.

12.

Noch zwei Jahre lang führte Sammuramat für ihren minderjährigen Sohn die Feldzüge gegen Mannäer und Meder an, stieß jedoch nie auf nennenswerten Widerstand in diesen Ländern. Alle unterwarfen sich freiwillig der assyrischen Macht. Auf ihrem Weg gründete sie neue Städte, gab den Auftrag für den Erbau neuer Paläste, ließ in Gebirgspässen Straßen anlegen und riesige Gartenanlagen pflanzen. In Ekbatana errichtete sie für die Stadt ein Bewässerungssystem. Jedes Mal kehrte sie als erfolgreiche Heerführerin nach Kalchu zurück.

An seinem fünfzehnten Geburtstag wurde Adad-Narari erneut im Tempel des Gottes Assur in der alten Reichshauptstadt Assur zum König und ersten Diener Assurs gekrönt. Damit war Sammuramats Regentschaft offiziell beendet. Doch Adad-Narari legte auch weiterhin Wert auf den Rat seiner Mutter und bezog sie in seine Entscheidungen mit ein.

Gemeinsam weihten sie den neuerbauten Nabu-Tempel in Kalchu ein, und Adad-Narari gab den Auftrag, in Ninive einen neuen Königspalast zu erbauen, da er dem erdrückenden Palast von Kalchu entfliehen wollte. In ihm schienen ihn die Heldentaten seiner Vorfahren zu verfolgen. Von den Wänden des Thronsaals schauten Assurbanipal und Salmanassar auf ihn herab. Ihre Bildnisse zeigten die Unterworfenen kniend vor den assyrischen Königen, sowie die Hinrichtung ihrer besiegten Gegner. Adad-Narari wollte etwas Erbaulicheres, Leichteres um sich haben mit Gärten und Wasseranlagen zum Entspannen und Ausruhen. Mutter und Sohn waren sich ziemlich in allem einig, und um seine Mutter zu ehren, ließ der junge König viele Stelen errichten, in denen er sich gemeinsam mit seiner Mutter nennen ließ. Nur in einer Angelegenheit konnten Mutter und Sohn sich nicht einigen – Babylon. So sehr Sammuramat auch versuchte, ihren Sohn zu einem friedlichen Ausgleich mit Babylon zu bewegen, in dieser Beziehung ließ Adad-Narari sich nicht von ihr lenken. Als Sammuramat ihrem Sohn schließlich sogar vorschlug, eine babylonische Prinzessin zu ehelichen, stritten sich Mutter und Sohn zum ersten Mal.

„Ich werde eine Assyrerin und keine Babylonierin heiraten. Und ich habe meine Wahl auch schon getroffen. Myrrah, die Tochter des Turtanu Nergal-ilaja, soll meine Gemahlin werden."

„Nichts gegen Myrrah. Sie ist ein nettes Mädchen. Du kannst sie jederzeit als Nebenfrau in deinen Harem holen. Aber deine erste Gemahlin muss eine Frau sein, die unseren politischen Interessen nutzt."

„Es ist beschlossen, Mutter. Ich werde mich, was das betrifft, nicht umstimmen lassen."

Wortlos ließ Sammuramat ihren Sohn stehen. Begriff er denn nicht, wie wichtig es war, eine Frau mit Verstand an seiner Seite zu haben, um die

Unwegsamkeit des Lebens zu bestehen? Myrrah war ein einfältiges, wenn auch hübsches Ding. Zur Gemahlin eines Königs taugte sie nicht.

Dann kam der Tag, vor dem Sammuramat sich schon lange gefürchtet hatte. Die Stadt Byblos lieferte den vereinbarten Tribut ab und damit stand es ihrem Geliebten Dagan zu, nach Hause zurückzukehren. Zwar versicherte er dem König, gerne freiwillig noch länger in Kalchu zu bleiben. Doch der König lehnte ab, gab vor, sich an sein Wort halten zu wollen. Dass er in Wahrheit seine Mutter treffen wollte, die ihm augenscheinlich sein Glück mit Myrrah nicht gönnte, war offensichtlich. Doch nun war er der König. Alle mussten sich ihm fügen.

„Werde meine Frau, und komm mit mir nach Byblos. Lass Assur hinter dir."

Traurig schüttelte Sammuramat den Kopf. „Das kann ich nicht, und das weißt du auch. Nachdem ich die Ehefrau von Schamschi-Adad war und die Mutter von Adad-Narari bin, kann es für mich keine Ehe mehr geben."

„Weil du deine Freiheit nicht aufgeben willst", warf Dagan ihr vor.

„Gewiss", antwortete Sammuramat ehrlich. „Du kennst mich zwischenzeitlich. Du weißt, ich passe nicht in die Schablone, die man Frauen gewöhnlich überstülpt. Ich kann und werde mich nie wieder einem

Mann unterwerfen. Als Witwe bin ich frei, und so soll es bleiben."

Sie wussten beide, dass dies ein Abschied für immer war, und sie litten beide darunter, Dagan jedoch weit mehr als die Königin. Doch es gab keinen Weg für eine gemeinsame Zukunft. So ritt Dagan mit seinem Bruder zurück nach Byblos, seinen Sohn in Assur zurücklassend, während Sammuramat sich zornig in den Sommerpalast nach Balawat zurückzog, da sie die Gegenwart ihres Sohns, der ihr das Wenige an Glück, dass sie nach dem Tod ihres Gatten gefunden glaubte, entzogen hatte.

Und Sammuramat begann wieder zu träumen. Schweißgebadet schreckte sie nachts aus dem Schlaf, in dem ihr die weiße, nebelförmige Frau immer wieder begegnete und sie hämisch anlächelte. Sammuramat erahnte, dass ein erneuter Schicksalsschlag bevorstand. Immer, wenn Derketo ihr im Traum erschienen war, kam es bald darauf zu einer Katastrophe in ihrem Leben. Was würde diesmal geschehen, was sie aus der Bahn werfen sollte? Sammuramat wusste es nicht. Unruhig schlenderte sie tagsüber durch die Gärten des Sommerpalasts, ritt stundenlang aus, um abends schlafen zu können und fand doch keinen erholsamen Schlaf.

Mutarris- Assur war der Erste, der nach Wochen der Abwesenheit der Königin aus Kalchu bei dieser in Balawat vorsprach.

„Komm zurück, Herrin. Dein Sohn braucht dich und vermisst dich. Irgendetwas braut sich in Kalchu zusammen. Es riecht förmlich nach Intrige und Verrat. Adad-Narari ist noch zu jung, um derlei Dinge zu durchschauen."

„Er war nicht zu jung, mir meinen Geliebten zu nehmen. Wenn er das allein konnte, wird er auch den Rest allein bewältigen können."

„Das kann er eben noch nicht. Du musst ihn verstehen. Sein Vater war für ihn ein Idol. Um die Realität zu erkennen, nämlich, dass selbst sein Vater ein Mensch aus Fleisch und Blut war, war er bei dessen Tod noch viel zu jung. Er hatte sich ein Bild von ihm geschaffen, das sich nach dessen Tod nicht berichtigen lässt. Und dass du, seine über alles geliebte Mutter, sich nach dem Tod des Vaters mit einem so viel Geringeren abgibst, das hat er nicht akzeptieren können. Außerdem, glaube ich, war er eifersüchtig. Wenn es nicht ausgerechnet Schamschi-ilus Vater gewesen wäre, den du erwählt hast, ich glaube nicht, dass ein Geliebter an deiner Seite lange überlebt hätte."

„Wie auch immer, mein Sohn muss lernen, allein zurecht zu kommen."

Verzweifelt schüttelte Mutarris-Assur den Kopf. „Ich habe dir immer treu gedient, meine Königin. Und ich habe dich immer verstanden und unterstützt. Aber diesmal, glaub mir, machst du einen Fehler, wenn du nicht zurückkommst. Es gehen Dinge im Palast vor sich, die vielleicht nur du durchschauen kannst. Überlege es dir noch einmal."

Doch Sammuramat blieb hart, auch wenn ihre Träume sie in die gleiche Richtung wiesen. So musste Mutarris-Assur unverrichteter Dinge nach Kalchu zurückkehren.

Keine zwei Wochen später erschien Schamschi-ilu in Balawat. Auch er flehte Sammuramat an, nach Kalchu zurückzukehren.

„Er plant einen Feldzug gegen die Hethiter und Amoriter. Dein Sohn ist ein guter Feldherr, ohne Frage. Die Feinde Assurs wird er ohne Weiteres besiegen. Doch die Feinde in den eigenen Reihen machen mir Kopfzerbrechen. Komm zurück, Königin Sammuramat. Du kennst den Hof und seine Intrigen wie keine andere. Auch Adad-Narari möchte dich durch mich bitten, zurückzukommen. Würde er nicht das Gesicht verlieren, er wäre selbst gekommen."

„Wenn er mich wirklich wieder an seiner Seite haben will, dann soll er selbst kommen. Woher, Schamschi-ilu, glaubst du, droht Gefahr? Wer könnte sich gegen meinen Sohn erheben wollen?"

„Ich weiß es nicht wirklich, Herrin, aber vieles spricht dafür, dass der Eunuch Satibara darin verstrickt ist."

Sammuramat erbleichte. „Dann sind es wohl auch meine beiden Söhne Hyapates und Hydaspes."

„Das ist zu befürchten, auch wenn es bis jetzt keine Beweise gibt. Verstehst du jetzt, warum es so wichtig ist, dass du zurückkommst?"

Sammuramat nickte unentschlossen.

„Ich werde darüber nachdenken, und vor allem muss ich darüber schlafen."

„Kann ich dann morgen auf deine Antwort hoffen?"

„Wie auch immer sie ausfallen mag", erwiderte Sammuramat.

Nachdem Schamschi-ilu gegangen war, ließ Sammuramat ihre babylonischen Astrologen zu sich rufen. Die Angewohnheit, deren Dienste für sich in Anspruch zu nehmen, hatte sie von ihrem Schwiegervater Salmanassar übernommen. In sich gekehrt wartete sie deren Analyse der Sternenkonstellation ab.

„Sowohl dir wie auch deinem Sohn, dem König, droht Gefahr. Doch ihr könnt sie überwinden. Allerdings wird dich das das größte Opfer deines Lebens kosten. Sei auf der Hut, Königin."

„Siehst du, woher die Gefahr droht?"

„Nein, ich kann dir nur so viel sagen. Sie kommt aus dem eigenen Haus."

Sammuramat brauchte nicht viel zu überlegen, um zu wissen, dass damit nur eins gemeint sein konnte. Als ihr in der Nacht erneut die weiße Frau erschien und sie und ihren Sohn mit sich in die Tiefe zu ziehen versuchte, wusste die Königin, dass sie handeln musste, ganz gleich wie sehr Adad-Nararis Handeln sie verletzt hatte.

Als Schamschi-ilu am nächsten Morgen bei ihr erschien, war die Königinmutter abreisebereit. Gemeinsam mit ihrem ehemaligen Schützling Schamschi-ilu ritt sie nach Kalchu zurück.

13.

Der Feldzug gegen die Hethiter war ein einziger Erfolg. Die Gegner, die sich ihnen entgegenstellten, waren schnell niedergerungen und nach assyrischer Tradition wurde jeder, der sich den Armeen Assurs in den Weg stellte, verstümmelt, geköpft, gepfählt oder geschunden, je nach Stellung der Person. Mutter und Sohn waren wieder vereint, auch wenn die Enge ihrer Beziehung gelitten hatte.

Wachsam beobachtete Sammuramat jedes Getuschel, jedes vermeintlich versteckte Handzeichen, jede Bewegung in ihrer Umgebung. Mutarris- Assur befal sie, Satibara nicht aus den Augen zu lassen, ihr zu berichten, mit wem er sich traf und wenn möglich, was gesprochen wurde. Bald war sie sich ganz sicher, dass die Verschwörung gegen ihren Sohn und sie aus dieser Ecke kam. Doch wer außer dem Eunuchen steckte noch dahinter, und was hatten sie vor?

„Er ist vorsichtig, sehr vorsichtig", berichtete Mutarris-Assur. „Ich bin mir aber sicher, dass es nur sehr wenige sind, die zur eigentlichen Verschwörung gehören. Die meisten wollen sich nicht festlegen, warten ab, ob der Schlag gegen das Königshaus überhaupt gelingen kann."

Sammuramat überlegte eine Weile. „So kommen wir nicht wirklich weiter. Wir werden ihnen eine Falle stellen. Übermorgen zieht unsere Armee durch eine lange Schlucht. Mein Sohn und ich werden auf die dortige Anhöhe reiten, um den Durchzug des Heers zu beobachten. Ich brauche deine besten, vertrauenswürdigsten Männer, die sich auf der Anhöhe verstecken. Dann werde ich meine beiden Söhne zu mir rufen lassen. Sollten sie wirklich etwas gegen mich und den König planen, dann werden sie sich diese Gelegenheit nicht entgehen lassen. Auf ein Zeichen von mir wird die Falle zuschnappen. Die Götter sollen ihnen gnädig sein, wenn sie schuldig sind."

„Du glaubst doch nicht wirklich, dass…"

„Doch, genau das glaube ich. Satibara war ein treuer Diener Onnes. Ich weiß, er gab mir damals die Schuld am Tod des Turtanu. Und er hatte viel Zeit und Gelegenheit, meine Söhne gegen mich aufzuhetzen, um ihren Vater zu rächen."

Entsetzt schaute Mutarris-Assur sie an. „…das würde ja bedeuten, dass…"

Sammuramat winkte mit der Hand ab. „Lass uns jetzt nicht darüber nachdenken. Lass uns lieber zu den Göttern beten, dass ich mich irre. Und kein Wort zum König. Eine falsche Geste von ihm könnte die Verschwörer warnen."

Als bereits die Hälfte des Heers durch die Schlucht gezogen war, ließ Sammuramat nach Hyapates und Hydaspes schicken. Sie sollten ihr ihre Meinung zu der künftigen Aufstellung des Heers kundtun, was von der Anhöhe am besten zu beurteilen sei. Beide kamen sie, verneigten sich unterwürfig vor der Königinmutter und dem König. Ahnungslosigkeit vortäuschend stellte Sammuramat sich an den Abgrund und deutete auf die vorbeiziehenden Soldaten.

„Ein herrlicher Anblick von hier oben, die ganze Stärke Assurs vor Augen zu haben. Was meinst du, Hyapates, sollten wir künftig mehr Streitwagen mit uns führen?"

Der Anblick der Königin auf der Klippe war ein unwiderlegbares Zeichen der Götter, dass ihre Tat gerecht war. Während Hyapates auf die Königin zuging, um ihr einen Schups zu geben, zog Hydaspes unter seinem Überwurf ein Messer hervor, um auf den jungen König einzustechen. Schamschi-ilu war zur Stelle und schlug dem Sohn der Königin mit dem Schwert das Messer aus der Hand, während Sammuramat rechtzeitig beiseite sprang, ihr Sohn das Gleichgewicht verlor und stürzte. Beide wurden von der versteckten Leibwache festgenommen und gebunden abgeführt.

„Nehmt Satibara fest. Foltert ihn. Ich will alle Namen der Verschwörer. Sofort."

Fassungslos wanderte Adad-Nararis Blick zwischen Sammuramat und Schamschi-ilu hin und her.

„Deine Mutter hat recht gehabt. Ich wollte es nicht glauben, als sie sagte, dass sie ihre eigenen Söhne in Verdacht hat, an einer Verschwörung beteiligt zu sein. Leider hat sie sich nicht geirrt", meinte Schamschi-ilu aufgebracht.

„Mir wäre es auch lieber, ich hätte Unrecht gehabt", antwortete Sammuramat. Der Schmerz über die Erkenntnis, dass ihre Söhne sie hatten umbringen wollen, saß tief, zumal sie wusste, dass die beiden nun nichts mehr vor dem Tod retten konnte. Sie hatten nicht nur gegen sie, sondern auch gegen den König, den ersten Diener des Gottes Assur, die Hand erhoben. Da konnte es keine Gnade geben.

Unter der Folter war der Eunuch Satibara schnell bereit, weitere Namen der Verschwörer preis zu geben. Vor dem gesamten Heer und den beiden gebundenen Söhnen Sammuramats wurden die Verräter geblendet, dann ausgestreckt an vier Pfähle auf dem Boden festgebunden und gehäutet. Ihre Schmerzensschreie hallten, während langsam die Haut durch säuberliche Schnitte von den Muskeln gelöst wurde, durch die Luft, bis sie allmählich in klägliches Wimmern übergingen. Doch Sammuramat konnte für die Verräter kein Mitleid empfinden. Anschließend wurden die Söhne der Königin auf den Richtplatz geführt und ihnen mit dem Schwert der Kopf vom Rumpf getrennt, in Anbetracht der Schwere des Verbrechens ein mildes Urteil.

Schweigend zog sich Sammuramat nach der Hinrichtung in ihr Zelt zurück. Hier konnte sie sich endlich ganz ihren Gefühlen hingeben. Tränen liefen ihr über die Wangen, während sie immer wieder die abgeschlagenen Köpfe ihrer Söhne vor sich sah. Gewiss, sie waren sich fremd geworden in den Jahren, in denen sie keinen Kontakt miteinander gehabt hatten. Dennoch waren sie vom gleichen Blut gewesen. Wie hatte es nur soweit kommen können, dass sie ihre Mutter so sehr hassten. Satibaras Einfluss und seine Lügen allein konnten nicht der Grund gewesen sein. Vermutlich war nicht unberechtigte Eifersucht hinzugekommen, hatte sie ihre ganze Liebe und Zuneigung doch ihrem Sohn Adad-Narari geschenkt und die anderen beiden darüber vergessen. Auch sie traf Schuld an diesem Drama.

„Mutter!" Adad-Narari war ins Zelt getreten und legte liebevoll den Arm um die Schulter seiner Mutter. „Ich weiß das Opfer, das du mir heute gebracht hast, durchaus zu schätzen. Wenn du mich darum gebeten hättest, ich hätte sie begnadigt."

Unwillig schüttelte Sammuramat den Kopf. „Das hätten wir unter keinen Umständen tun können. Sie können froh sein, dass sie so sterben durften. Der Gerechtigkeit musste genüge getan werden. Niemand, wirklich niemand, darf ungestraft die Hand gegen seinen König erheben. Doch auch ich habe Schuld. Ich habe ihnen nie die Liebe entgegenbringen können und wollen, die ich für dich empfand. Ich habe Onnes geachtet, aber deinen Vater habe ich geliebt. Das haben sie mir nicht zu Unrecht vorgeworfen."

„Und Dagan?", fragte Adad-Narari vorsichtig.

„Wir waren uns nahe, und er hat meine körperlichen Bedürfnisse befriedigt. Aber geliebt, nein, geliebt habe ich ihn nicht, auch wenn er es vielleicht verdient hätte."

„Warum ist es dann so schlimm, dass ich ihn fortgeschickt habe, Mutter?", fragte Adad-Narari verständnislos.

Mit tränenverschleierten Augen schaute Sammuramat ihren Sohn an. „Weil ich diese Bedürfnisse noch immer habe und nun andere, vielleicht weniger diskrete, suchen muss, um sie zu befriedigen."

„Warum nimmst du dir nicht einen neuen Gemahl, Mutter. Einen ehrenwerten assyrischen Adligen oder den König eines anderen Landes?"

„Ich werde niemals mehr heiraten, mein Sohn. Niemals. Kein Mann wird je wieder über mich herrschen, denn einen Mann wie deinen Vater, der mich verstanden hat, gibt es nicht noch einmal. Und jetzt lass uns nie wieder darüber sprechen."

Adad-Narari nickte, auch wenn er die Einstellung seiner Mutter nicht gutheißen konnte.

14.

Sammuramat nahm noch an vielen Feldzügen ihres Sohns teil, und ihr Rat war bei den Offizieren des Königs gefragt. Ihre Liebhaber suchte sie sich unter den gutaussehenden Soldaten Assurs, jedoch immer nur für eine Nacht. Wer sich von den Soldaten des Beischlafs mit der Königinmutter danach öffentlich brüstete, bekam von Mutarris-Assur auf Geheiß des Königs die Kehle durchgeschnitten. Schon bald sprach man hinter vorgehaltener Hand von den Hügeln der Sammuramat, den vielen Hügeln im Umland, unter denen ihre Geliebten ihr Grab gefunden hatten. Erst mit der Zeit war Adad-Narari klar geworden, was er mit dem Fortsenden Dagans wirklich angerichtet hatte. Doch seine Mutter in dieser Beziehung von Mäßigung zu überzeugen, erkannte er bald als aussichtslos.

Auch in den Ratssitzungen war seine Mutter nach wie vor zugegen, und jeder der vier Großen schätzte die Meinung der Königin.

Ebenso hatte Sammuramat mit der Wahl Schamschi-ilus zum Freund des Königs recht behalten. Bereits mit zwanzig Jahren wurde er vom König zum Turtanu und Gouverneur Syriens ernannt. Seine Hand sollte Assur noch schützen, lange nachdem der König gestorben war.

Doch mit zunehmendem Alter belastete Adad-Narari die Autorität der Königinmutter, die seine Machtstellung im Rat immer wieder untergrub. Wollte er als König uneingeschränkt anerkannt werden, das wurde ihm von Tag zu Tag klarer, musste er seine Mutter, die ihn direkt oder indirekt bevormundete, loswerden. Einen anderen Ausweg sah er nicht, denn die Großen Vier schätzten den Rat der Königin und hörten oft eher auf sie als auf ihren König. Was konnte er tun? Verbannen konnte er sie nicht, das hätte der Rat der Vier, die ausschließlich Sammuramat ihre Stellung verdankten, nicht akzeptiert. Eine Heirat lehnte sie entschieden ab, und er konnte sie nicht zwingen. Was also tun mit einer Königin und Mutter, von der er sich befreien musste, um endlich der wahre Herrscher Assurs zu sein?

„Wieder hat sie gegen einen Feldzug gegen Babylon gesprochen. Und wieder ist der Rat ihrer Meinung gefolgt", wetterte Adad-Narari zornig.

„Vielleicht hat sie mit ihrer Meinung ja nicht ganz unrecht", entgegnete Schamschi-ilu. „Wir sollten nicht an allen Fronten gleichzeitig kämpfen müssen.

Irgendeinen Verbündeten sollte auch der Gott Assur trotz all seiner Stärke haben."

„Es war mir klar, dass du ihr auch wieder recht gibst", brummte Adad-Narari und verließ zornig den Thronsaal.

Sammuramat wusste um die Nöte ihres Sohns. Und eines Nachts kehrte die weiße Frau in ihre Träume zurück.

„Komm! Komm heim, Semiramis. Du hast deine Aufgabe erfüllt. Als Kind der Götter solltest du wissen, wann es Zeit wird zu gehen. Komm heim. Der heilige See soll für immer dein Zuhause werden."

Zitternd erwachte Sammuramat. Sie hatte die Botschaft verstanden. Lange verweilte sie im Tempel der Göttin Ischtar in Kalchu, brachte Opfer dar und betete. Dann ließ sie sich von dem dortigen Astrologen die Sterne deuten. Er sagte ihr ohne Zögern den Tag ihres Todes voraus.

Sammuramat reiste nach Assur, besuchte die Gruft der Könige, in der der Leichnam ihres Mannes ruhte, betete vor dem Altar des großen Gottes Assur, dessen treue Dienerin sie seit vielen Jahren war und kehrte dann ruhig und gefasst nach Kalchu zurück.

Und wieder kehrte in den Nächten die weiße Göttin Derketo zu ihr zurück und rief sie heim. Daher wunderte es Sammuramat nicht, als ihr Sohn ihr eines Tages im

Thronsaal freundlich einen mit Wein und Gift gefüllten Becher reichte. Die weiße Frau und Ereschkigal waren ihr Nächte zuvor im Traum erschienen. Sie hatten ihr ihren Tod angekündigt.

„Und du bist sicher, dass ich das trinken soll?", fragte sie, ihrem Sohn direkt in die Augen blickend.

In diesem Augenblick wusste Adad-Narari, dass sie Bescheid wusste. Er nickte nur und schaute verlegen beiseite. Wie viele Feinde hatte er in der Vergangenheit bezwungen, doch bei seiner eigenen Mutter war er gescheitert. „Ich bitte dich!", stotterte er beschämt.

„Gib mir ein letztes Versprechen", meinte Sammuramat schließlich gefasst. „Wenn ich tot bin, lass meinen Leichnam zurück nach Askalon bringen und lass ihn dort im heiligen Myrissee versenken, damit sowohl Derketo als auch ich endlich Frieden finden."

„Wenn du es wünscht, wird es geschehen, Mutter", versicherte Adad-Narari, obwohl er den Wunsch seiner Mutter nicht verstand.

Sammuramat nickte, dann setzte sie den Becher an die Lippen. Adad-Narari, völlig verunsichert, wollte danach greifen, es doch noch verhindern, dass sie davon trank. Doch Sammuramat wehrte ab.

„Mach dir keine Gedanken, mein Sohn. Ich verstehe dich. Ein König muss herrschen und nicht von seiner Mutter beherrscht werden. Vermutlich ist dies die einzige Lösung für uns zwei. Ich verzeihe dir schon jetzt."

Dann trank die Königin den Becher in einem Zug leer. Es dauerte nicht lange, und Sammuramat sank bewusstlos zu Boden. „Nun lass uns endlich Frieden schließen, Derketo", waren ihre letzten Worte gewesen, deren Sinn Adad-Narari jedoch nicht begriff.

Als Schamschi-ilu gemeinsam mit Mutarris-Assur wenige Augenblicke später den Thronsaal betrat, tat die Königin ihre letzten Atemzüge. Fassungslos schaute Schamschi-ilu, der die Situation sofort erfasste, den König an. „Warum hast du das getan?" fragte er erschüttert.

„Weil es für sie und mich keine andere Lösung gab. Und das wusste sie auch. Ich habe ihr versprochen, sie nach Askalon zu überführen und ihren Leichnam im Myrissee zu versenken. Ich bitte euch beide, die ihr sie geliebt und geehrt habt, ihr das letzte Geleit dorthin zu geben. Und niemand darf jemals erfahren, was hier und heute geschehen ist. Die Königinmutter ist heute an einem schwachen Herzen gestorben."

„Sicher werden wir schweigen, mein König", erwiderte Schamschi-ilu. „Aber", fügte er warnend hinzu „die Götter sind nicht blind. Sie kennen die Wahrheit. Sie werden den Tod dieser großen Frau nicht ungesühnt lassen. Und oft zahlen die Kinder und Enkelkinder den Preis der Väter und Mütter."

Er ahnte nicht, wie recht er mit dieser Prophezeiung haben sollte. Nach Adad-Nararis Tod folgten ihm ein Sohn nach dem anderen auf den Thron. Doch sie alle waren schwache Herrscher, die ohne die Begabung und Treue Schamschi-ilus, des allgegenwärtigen Turtanu, das assyrische Reich schon viel früher zu Fall gebracht hätten.

Zu den Personen

Die geschichtlich belegte Königin Sammuramat war die Ehefrau des assyrischen Königs Schamschi-Adad V., der von 824-812 über Assyrien herrschte. Er war der Sohn Salmanassars III., der von 858-824 über Assyrien herrschte, also fast 34 Jahre.

Die überaus erfolgreiche Herrschaft Salmanassars, der sein Reich unter seiner Herrschaft in alle Richtungen ausdehnte, wurde jedoch in den letzten fünf Jahren seiner Regierungszeit durch einen Aufstand mehrerer assyrischer Städte, darunter der alte Reichshauptstadt Assur, unter der Führung seines ältesten Sohns Assur-dan-apli, der in der Thronfolge vom König übergangen worden war, angeführt. Erst nach dem Tod seines Vaters gelang es Schamschi-Adad, den Aufstand endgültig niederzuwerfen.

Wie alle Könige Assyriens führte auch Schamschi-Adad jährliche Kampagnen durch, um die Macht und das Einflussgebiet seines Gottes Assur zu erweitern. Bei einem dieser Feldzüge, vermutlich vor den Toren Babylons, kam der noch junge König ums Leben.

Da der Thronfolger, Adad-Narari III. (806-781) noch minderjährig war, übernahm seine Mutter Sammuramat für ihn die Regentschaft und führte für mindestens fünf Jahre das Reich der Assyrer an, ein bis dahin einmaliger Vorgang in Mesopotamien, da die

Stellung der Frau bei den Assyrern auf das Frauenhaus (Harem) beschränkt war.

Um Sammuramat, die inzwischen von vielen Historikern mit der legendären Semiramis gleichgesetzt wird, ranken sich viele widersprüchliche Legenden. Sie muss eine sehr schöne, sinnliche und das Bild der damaligen Frau sprengende Frau gewesen sein, die aus dem syrischen Askalon zu stammen scheint. Um ihre Geburt ranken sich ebenso viele Legenden, wie um ihre Ehe mit Onnes, dem Generalstellvertreter (Turtanu) des assyrischen Staats.

Durch die von ihr angeführte spektakuläre Eroberung Baktras soll sie die Aufmerksamkeit des legendären Königs Ninos auf sich gezogen haben, der von Onnes verlangte, Semiramis für ihn freizugeben. Der Turtanu, in einer aussichtslosen Lage, begeht Selbstmord. Semiramis ist für den König frei. Gemeinsam mit ihm hat sie einen Sohn, Ninyas. Als der König vor den Toren Babylons fällt, greift sie selbst in das Geschehen ein, siegt und führt ihren verstorbenen Mann nach Hause.

Ihr werden viele Feldzüge zugeschrieben, Stadtgründungen und die Anlage von Bewässerungssystemen. Ebenso werden der legendären Semiramis viele Liebschaften nachgesagt und dass sie ihre Liebhaber, ausgesucht aus den schönsten Männern der assyrischen Armee, hinterher verschwinden ließ. In der Legende lässt sie auch ihre beiden Söhne, die sie mit Onnes hatte, nach einem

Mordversuch an der Mutter hinrichten. In einigen Legenden wird sie von ihrem Sohn Ninyas im Alter von 64 Jahren umgebracht.

Die hängenden Gärten von Babylon, die in der Legende ebenfalls Semiramis zugeschrieben werden, lassen sich jedoch eindeutig dem babylonischen Nebukadnezar zuordnen.

Was auch immer die zahlreichen Legenden über Semiramis/ Sammuramat berichten, eins darf als sicher gelten – für ihre Zeit muss sie eine nicht nur überaus schöne, sondern auch bemerkenswerte Frau gewesen sein.